거울 나라의 앨리스

거울 나라의 앨리스

루이스 캐럴 | 김지혜 옮김

더디

등장 인물

(게임 시작 전의 정렬 순서)

하얀 편		붉은 편	
말	병사	말	병사
트위들디 ——	데이지	험프티 덤프티 ——	데이지
유니콘 ——	헤이어	목수 ——	심부름꾼
양 ——	굴	바다코끼리 ——	굴
하얀 여왕 ——	릴리	붉은 여왕 ——	참나리
하얀 왕 ——	새끼 사슴	붉은 왕 ——	장미
노인 ——	굴	까마귀 ——	굴
하얀 기사 ——	하타	붉은 기사 ——	개구리
트위들덤 ——	데이지	사자 ——	데이지

하얀 병사(앨리스)가 열한 수 만에 이기는 법

붉은 편

1. 앨리스가 붉은 여왕을 만나다.
2. 앨리스가 기차로 여왕의 셋째 칸을 지나 넷째 칸(트위들디와 트위들덤이 있는 곳)으로 이동하다.
3. 앨리스가 하얀 여왕을 만나다(숄을 건네줌).
4. 앨리스가 여왕의 다섯째 칸(상점, 강, 상점)으로 이동하다.
5. 앨리스가 여왕의 여섯째 칸(험프티 덤프티)으로 이동하다.
6. 앨리스가 여왕의 일곱째 칸(숲)으로 이동하다.
7. 하얀 기사가 붉은 기사를 이기다.
8. 앨리스가 여왕의 여덟째 칸(대관식)으로 이동하다.
9. 앨리스가 여왕이 되다.
10. 앨리스가 성으로 들어가다(만찬).
11. 앨리스가 붉은 여왕을 잡고 이기다.

하얀 편

1. 붉은 여왕이 왕 쪽 루크의 넷째 칸으로 움직이다.
2. 하얀 여왕이 숄을 찾아 여왕 쪽 비숍의 넷째 칸으로 이동하다.
3. 하얀 여왕이 여왕 쪽 비숍의 다섯째 칸으로 이동하다(양이 됨).
4. 하얀 여왕이 왕 쪽 비숍의 여덟째 칸으로 이동하다(달걀을 선반에 올려둠).
5. 하얀 여왕이 여왕 쪽 비숍의 여덟째 칸으로 이동하다(붉은 기사로부터 도망침).
6. 붉은 기사가 왕의 둘째 칸으로 이동하다.
7. 하얀 기사가 왕 쪽 비숍의 다섯째 칸으로 이동하다.
8. 붉은 여왕이 왕의 칸으로 이동하다(앨리스 검증).
9. 여왕들이 성으로 들어가다.
10. 하얀 여왕이 여왕 쪽 루크의 여섯째 칸으로 이동하다(수프에 빠짐).

차례

맑고도 티 없는 이마와
환상을 꿈꾸는 눈망울을 지닌 아이야!
시간이 쏜살같이 흐르고
나와 네가 반평생을 못 만난다 한들
사랑스러운 너의 그 미소는
애정 담긴 내 동화에 환호할 테지.

나는 빛나는 네 얼굴을 보지 못했고
은빛 찬란한 네 웃음도 듣지 못했지.
이제 네가 살아갈 창창한 앞날에
내가 자리할 곳은 없을지 몰라.
그럼에도 나의 동화에 귀 기울여준다면
그것만으로도 충분하단다.

여름 햇볕이 내리쬐던 날
이야기는 시작되었지.
시간을 알리는 종소리는
노 젓는 박자에 맞춰 울려 퍼졌어.
그때의 기억은 여운처럼 남았건만
질투 많은 세월은 우리더러 잊으라 하는구나.

그러니 어서 와서 귀를 기울이렴.
무시무시한 소리가 쓰디쓴 소식을 한아름 싣고
우수에 잠긴 숙녀를
달갑지 않은 침대로 불러들이기 전에.
우리는 그저
잠들 시간이 다가오면 불안해하는
나이 든 어린아이일 뿐이니.

밖에는 서리와 시야를 가리는 눈발이 흩날리지.
폭풍우는 제 기분대로 광기를 부리는구나!
집 안에는 난로에서 불씨가 발그레 타오르네.
동심이 미쁘게 둥지를 틀고
마법의 이야기가 너를 사로잡으면
무시무시한 바람은 금세 잊게 될 거야.

이따금씩 한숨의 그림자가
이야기에 드리울지 몰라도
행복한 여름은 승리할 테니
악의 기운이 몰려온들
동화 속 즐거움을 무슨 수로 막을까.

제1장
거울 속에 있는 집

한 가지는 분명했다. 하얀 새끼 고양이는 아무 상관이 없다는 것. 죄다 검은 새끼 고양이 탓이다. 하얀 새끼 고양이는 15분 동안 어미 고양이가 제 얼굴을 핥는 탓에 꼼짝도 할 수 없었을 터. (하얀 새끼 고양이는 꽤 잘 참고 있었다.) 그러니 하얀 새끼 고양이가 이 사달을 냈을 리는 없다.

어미 고양이인 다이나가 어린것들을 씻기는 법을 알려주자면, 우선 다이나는 제 새끼의 귀를 한쪽 앞발로 꾹 누른 뒤, 다른 앞발로 어린것의 얼굴을 문지른다. 이때 코에서부터 시작해 구석구석을 쓸어 올리며 박박 문지른다. 앞서 말했듯 다이나는 하얀 새끼 고양이를 씻기고 있었고, 다 저 좋으라고 하는 일임을 아는지 어린것도 잠자코 엎드려 가르랑거리고 있었다.

하지만 검은 새끼 고양이는 오후에 일찌감치 세수를 마친 터였다. 그러니 앨리스가 커다란 안락의자 귀퉁이에 웅크리고 앉아 털실 뭉치를 말던 중 꾸벅꾸벅 졸며 잠꼬대를 해대자, 검은 새끼 고양이는 슬그머니 털실 뭉치를 가져다가 이리저리 굴려가며 실을 죄다 풀어헤쳐 놓았을 테지. 그리고 이 꼴을 보라고! 털실 뭉치는 벽난로 앞 양탄자 위에 여기저기 널브러진 채였고, 검은 새끼 고양이는 그 한가운데서 제 꼬리를 잡아보겠다며 빙빙 돌고 있었다.

"너, 이 말썽꾸러기!"

앨리스가 소리쳤다. 그러고는 잘못된 행동이라는 걸 깨닫게 해주려고 검은 새끼 고양이를 덥석 잡아다 입을 맞추며 꾸짖었다.

"정말이지, 다이나가 널 제대로 가르쳤어야 했어! 다이나! 그랬어야지! 너도 알잖아!"

앨리스는 어미 고양이를 쏘아보며 잔뜩 성난 목소리로 다그쳤다.

그런 뒤 검은 새끼 고양이를 안고 안락의자에 올라앉아서는 다시 털실을 감기 시작했다. 하지만 이번에는 손놀림이 더뎠다. 앨리스가 쉴 새 없이 중얼댔으니 그럴 수밖에. 앨리스는 한동안 새끼 고양이를 동무 삼아 재잘대더니, 이내 저 혼자 중얼거리기 시작했다. 고양이는 주인의 무릎 위에 잠자코 앉아서는 이따금 앞발을 내밀어 털실 뭉치를 만

지작거렸다. 주인에게 도움이 될 수만 있다면 기꺼이 나설 마음이 있다는 듯이.

"키티, 내일이 무슨 날인지 아니? 나랑 저 창가에 있었다면 알아차렸을 텐데. 그때 넌 다이나에게 붙들려 씻고 있었으니 모르겠지. 난 남자애들이 모닥불을 피우겠다며 장작을 긁어모으는 걸 봤어. 장작이 수북이 쌓였더라니깐! 무진장 춥고 함박눈까지 내려서 중단되고 말았지만 말이야. 그래도 상관없어. 우리는 내일 모닥불 구경을 하러 갈 테니까!"

앨리스는 새끼 고양이의 목에 털실을 두어 번 감은 뒤 잘 어울리는지 살펴보았다. 그러다 털실 뭉치가 그만 바닥으로 툭 떨어져 데굴데굴 굴러가는 바람에 애써 감아놓은 실도 이내 저만치 풀려버리고 말았다.

앨리스는 새끼 고양이를 안고 다시금 의자 위로 털썩 주저앉으며 말했다.

"키티, 난 정말 화났어. 네가 벌여놓은 난장판을 봤을 때 하마터면 창문을 열고 눈덩이 속으로 널 내쫓을 뻔했다니까! 넌 그래도 할 말이 없어, 말썽꾸러기야! 할 말 있으면 어디 해보든가. 자, 이제 내 말에 대꾸할 생각하지 마!"

그러고는 한 손가락을 치켜세우며 말을 이었다.

"네가 뭘 잘못했는지 알려주도록 하지. 첫 번째, 넌 오늘 아침 다이나가 핥아줄 때 두 번이나 낑낑댔어. 내가 다 들었다고. 이젠 잡아떼지 않겠지? 뭐? 뭐라고? (마치 고양이가 무슨 대꾸라도 한 냥) 엄마의 앞발이 네 눈에 들어갔다고? 얘야, 그것도 네 잘못이란다. 네가 눈을 뜨고 있었으니 그렇지. 눈을 감았더라면 아무 일도 없었을 거라고. 그러니 더는 핑계대지 마. 자, 집중! 두 번째, 넌 내가 스노드롭에게 우유 그릇을 건네주자 네 꼬리로 그 아이를 밀쳐버렸지. 뭐? 목이 말랐다고? 아, 그러니? 그럼 스노드롭은 목이 마르지 않았을 거란 걸 네가 어떻게 알지? 자, 세 번째, 넌 틈만 나면 털실 뭉치를 모조리 풀어헤쳐 놨지. 이게 네가 저지른 세 가지 잘못이란다. 하지만 난 아직 너한테 그 어떤 벌도 주지 않았지. 다음 주 수요일에 한꺼번에 벌주려고 벼르고 있어. 근데 어른들도 내 잘못을 모아두고 있으면 어쩌지?"

새끼 고양이와 대화를 하던 앨리스는 이제 혼잣말을 중얼거렸다.

"그럼 한 해가 저물 때쯤 어쩌시려는 걸까? 그날이 오면 난 감옥에 가게 될지도 몰라. 아니면 어디 보자…… 잘못할 때마다 저녁 한 끼씩 굶어야 하는 것이라면? 그럼 난 족히 50일은 저녁 내내 굶어야 할 거야. 하지만 그 정도는 할 만해. 50끼를 다 먹는 것보다는 훨씬 쉬울 테니까.

키티, 유리창에 눈송이가 부딪치는 소리가 들리니? 너무도 아름답고 보드라운 소리야! 마치 누군가가 밖에서 창문 여기저기에 대고 입맞춤을 하는 것 같잖아. 눈송이들은 나무와 들판을 좋아할까? 그래서 저렇게 다정하게 입맞춤을 해대는 거겠지? 그러고는 새하얀 이불로 포근하게 나무와 들판을 덮어주면서 이렇게 속삭이겠지. '잘 자렴, 내 사랑. 따스한 날이 다시 올 그날까지.' 그리고 따뜻한 기운이 감도는 어느 날 잠에서 깨어나면 나무와 들판은 저마다 연둣빛 옷을 입고선 바람결에 살랑살랑 춤을 춘단다. 얼마나 예쁜지 아니!"

앨리스는 이렇게 외치며 손뼉을 치느라 들고 있던 털실 뭉치를 놓치고 말았다.

"진짜 그런 거라면 좋겠어. 나뭇잎이 갈색으로 변하는 가을이 되면 숲은 꾸벅꾸벅 조는 것만 같거든. 키티, 너 체스 둘 줄 아니? 히죽대지 마, 요 녀석아! 난 진지하다고. 왜냐면 조금 전 우리가 체스를 둘 때 넌 마치 다 안다는 듯이 쳐다봤잖아. 그리고 내가 '체크!'라고 외치니까 넌 가르랑거렸지. 그건 정말 좋은 체크였어. 그 망할 기사 녀석이 내 말들 사이에 비집고 들어오지만 않았어도 난 이길 수 있었는데. 키티, 만약에 말이야……."

여기서 앨리스가 입에 달고 사는 말인 '만약에 말이야'에 뒤따르는 이야기를 절반이라도 옮길 수 있다면 얼마나 좋을까. 앨리스는 바로 전날 제 언니와 한바탕 말다툼을 하였다. 이유인즉, 앨리스가 "만약에 우리가 왕과 여왕이라면 말이야……"라고 하자 정확한 걸 좋아하는 언니는 우리 둘밖에 없어서 안 된다고 했다. 그러자 앨리스는 "그럼 언니가 왕이나 여왕 둘 중 한 명을 해. 나머지는 내가 다 할게"라고 했다. 또 한 번은 나이가 많은 유모의 귀에 대고 갑자기 큰소리로 말한 적도 있다. "유모! 내가 굶주린 하이에나가 될 테니 유모는 뼈다귀인 척해줘!"라고 말이다.

하지만 이쯤하고, 다시 앨리스가 새끼 고양이에게 하던 이야기로 돌아가 보자.

"키티, 네가 붉은 여왕을 맡으렴. 그거 아니? 네가 꼿꼿이 서서 팔짱을 끼면 정말 여왕 같아 보인다니까! 자, 한번 해 봐!"

앨리스는 탁자에서 붉은 여왕을 집어 들더니 새끼 고양이 앞에 세워두고는 어떻게 하면 되는지 시범을 보였다. 하지만 될 리가 없었다. 앨리스는 새끼 고양이가 팔짱을 제대로 끼지 않아서 그런 거라고 말했다. 그래서 벌을 주려고 새끼 고양이를 거울 앞으로 데려갔다. 그러고는 자신이 얼마나 화가 났는지 보여주기로 마음먹었다.

"제대로 하지 않으면 거울 속으로 확 밀어 넣어버릴 거야. 그러면 좋겠니? 자, 키티, 네가 말을 잘 듣고 까불지만 않는다면 거울 속의 집에 대해서 전부 얘기해줄게. 우선, 거울 속에는 방이 있단다. 우리 집 거실이랑 똑같지. 차이가 있다면 전부 반대로 놓여 있다는 거야. 의자에 올라가서 보면 방 안을 전부 볼 수 있어. 벽난로 바로 뒤편만 빼고 말이야. 그 부분도 볼 수 있으면 정말 좋을 텐데. 거울 속의 방에서도 거울에 불을 피우는지 너무 궁금해. 우리 벽난로에 불을 피우지 않으면 알 수가 없거든. 우리 쪽에서 연기가 피어오르면 저쪽에서도 연기가 솟지. 하지만 불을 피우는 척 시늉을 하는 것인지도 몰라. 그리고 책은 우리 것과 비슷해. 그저 글자가 반대로 적혀 있을 뿐이야. 그걸 어떻게 아느냐고? 우리 집 책 한 권을 가져다가 거울에 대봤더니 저쪽 집에서도 똑같이 내보이더라고.

키티, 거울 속의 집에서 살아보고 싶지 않니? 거울 나라의 사람들이 네게 우유를 줄지는 모르겠지만 말이야. 어쩌면 거울 나라의 우유는 마실 수 없을지도 몰라. 하지만……. 아, 이제 복도에 대해서 말해줄게. 우리 집 거실 문을 활짝 열어두면 거울 속 집의 복도도 조금 보이거든. 보다시피 우리 집 복도랑 정말 비슷해. 그 너머로는 다를지도 모르지. 아, 거울 속 집으로 들어갈 수 있으면 얼마나 좋을까! 저곳은 분명 아름다운 것들로 가득 차 있을 거야. 만약에 말이야, 저 안으로 들어가는 길이 있다고 쳐. 만약에 거울이 얇은 거즈처럼 부드러워서 우리가 안으로 들어갈 수 있다면 말이야……. 어머나! 거울이 안개처럼 변하고 있어! 진짜라고! 이제 거울 속에 쉽게 들어갈 수 있겠어."

앨리스는 이렇게 말하면서 저도 모르게 벽난로 위로 기어올라 갔다. 거울은 은빛 찬란한 안개처럼 녹아내리고 있었다.

얼마 지나지 않아 앨리스는 거울을 뚫고 거울 속의 집으로 폴짝 뛰어내렸다. 앨리스가 제일 먼저 한 일은 벽난로에 불씨가 있는지 살피는 것이었다. 앨리스가 떠나온 방처럼 불이 활활 타오르고 있는 걸 보자 너무나 기뻤다.

'이곳에서도 옛날 방처럼 따뜻하게 지낼 수 있겠어. 사실 이곳이 더 따스할 테지. 여기에선 불에 가까이 다가가지 말라고 야단치는 사람도 없고, 거울 속에 내가 있는 걸 발견한들 날 잡으러 오지도 못할 테니까.'

그러고 나서 주위를 둘러보니 원래 있는 방에서 비쳤던 것들은 뻔하고 재미가 없었지만, 그 외의 물건들은 완전히 다른 것이었다. 예를 들어 벽난로 옆에 걸린 그림은 살아 움직이는 것 같았고, 벽난로 위 선반에 놓인 시계(거울을 통해서는 뒷모습만 보였다.)는 난쟁이 할아버지 모습을 하며 앨리스를 향해 씩 웃고 있었다.

앨리스는 벽난로 안 잿더미 속에 체스 말 몇 개가 파묻혀 있는 걸 보고는 생각했다.

'이곳 사람들은 저쪽 사람들처럼 방을 깨끗하게 치우는 건 아닌가 봐.'

하지만 이내 "어머나!" 하고 깜짝 놀라서 바닥에 엎드려 체스 말들을 바라보았다. 체스 말들은 둘씩 짝을 이루어 이리저리 돌아다니고 있었다.

"붉은 왕과 붉은 여왕이잖아!"

앨리스가 말했다. (저들이 놀랄까봐 최대한 목소리를 낮췄다.)

"부삽 가장자리에는 하얀 왕과 하얀 여왕이 앉아 있어. 이곳에서는 루크*도 서로 팔짱을 끼고 나란히 걷잖아! 그런데 내 목소리는 들리지 않는가봐."

앨리스는 좀 더 고개를 숙여 가까이 다가갔다.

"내가 보이지 않는 게 분명해. 투명인간이 된 기분이네!"

바로 그때 앨리스 뒤편에 놓인 탁자가 삐걱대기 시작하자 앨리스는 무슨 일인지 살피려 고개를 돌렸다. 하얀 병사 하나가 나가떨어져서 발버둥 치고 있었다. 앨리스는 앞으로 벌어질 일이 너무나도 궁금해졌다.

그때 하얀 여왕이 왕을 밀쳐 지나가며 말했다.

"내 아가의 목소리예요!"

어찌나 세게 밀쳤는지 왕은 잿더미 위로 자빠지고 말았다.

"오, 릴리! 내 아가! 우리 왕실의 고양이!"

하얀 여왕은 벽난로 울타리 옆을 재빨리 기어올라 가기 시작했다.

하얀 왕은 자빠지면서 다친 코를 문지르며 말했다.

"왕실의 잡동사니일 뿐이지."

하얀 왕은 머리부터 발끝까지 먼지를 뒤집어썼으니 하얀

---

* 성 모양의 체스 말이다.

여왕에게 화가 날 법도 했다.

어린 릴리가 자지러지도록 울다가 거의 기절할 지경이었기 때문에 앨리스는 뭐라도 도움이 되고 싶었다. 결국 앨리스는 하얀 여왕을 집어 들어 시끄럽게 울어대는 그녀의 릴리 옆에 놓아주었다.

하얀 여왕은 숨을 헐떡이다 주저앉고 말았다. 허공을 가르며 재빨리 이동한 탓에 하얀 여왕은 숨이 멎을 지경이었기에 한동안은 말없이 어린 릴리를 껴안고만 있었다. 숨을 고르고 나서야 하연 여왕은 잿더미 사이에 뾰로통하게 앉아 있는 하얀 왕을 불러댔다.

"화산을 조심해요!"

"화산이라니?"

하얀 왕은 불이 날 법한 곳이라면 벽난로가 가장 그럴듯하다고 생각했는지 불씨를 쳐다보며 말했다.

"방금 나를 날려버렸다고요. 조심해서 올라오세요. 늘 올라오는 방식으로요. 화산에 떠밀려서 오면 안 돼요!"

하얀 여왕이 숨을 헐떡이며 말했다.

"그 속도로는 날이 새겠어요. 제가 도움을 드리는 것이 낫지 않을까요?"

하얀 왕이 벽난로 울타리를 낑낑대며 기어오르는 걸 보다 못한 앨리스가 결국 한마디했다.

하지만 하얀 왕은 앨리스의 말을 듣지 못한 것 같았다. 보아하니 듣기는커녕 앨리스가 보이지도 않는 듯했다.

그래서 앨리스는 하얀 왕을 조심스럽게 들어 올려 숨이 차지 않도록 아까보다는 천천히 그를 옮겼다. 하지만 탁자 위에 내려놓기 전에 뒤집어쓴 잿더미를 좀 털어주는 게 좋을 것 같다고 생각했다.

보이지 않는 손에 들려 허공에 붕 뜬 채 온몸에 묻은 먼지가 탈탈 털리자 하얀 왕은 기겁한 나머지 외마디 비명도 지르지 못했지만 눈은 휘둥그레졌고 입은 다물어지지 않았다. 그 모습을 본 앨리스가 웃음이 터져 나와 손을 흔드는 바람에 하마터면 하얀 왕을 바닥에 떨어뜨릴 뻔했다.

앨리스는 하얀 왕이 자신의 말을 듣지 못한다는 걸 깜빡하고선 큰소리로 말했다.

"아, 제발 그런 표정 좀 짓지 마시라고요! 너무 웃겨서 제가 제대로 붙들 수가 없잖아요. 그렇게 입을 벌리면 안 돼요. 잿더미가 입안으로 다 들어가 버린단 말이에요. 자, 이제 어느 정도 깔끔해졌어요!"

앨리스는 하얀 왕의 헝클어진 머리를 매만져주고는 하얀 여왕이 있는 탁자 근처에 내려놓았다.

하얀 왕이 나자빠진 채 꼼짝도 하지 않자 앨리스는 자신이 잘못했나 싶어 왕에게 끼얹을 물이 있는지 방 안을 두리번거렸다. 하지만 눈에 띄는 거라곤 잉크병뿐이었다. 앨리스가 잉크병을 손에 들고 돌아왔을 때 하얀 왕은 이미 정신을 차린 뒤였고, 잔뜩 겁을 먹은 목소리로 하얀 여왕과 속닥이고 있었다. 어찌나 낮은 목소리로 속닥이는지 앨리스는 저들의 말을 겨우 알아들을 수 있었다.

하얀 왕이 말했다.

"부인, 나는 턱수염 끝까지 쭈뼛 섰다오!"

그러자 하얀 여왕이 말했다.

"당신은 턱수염을 안 기르잖아요."

"그 순간의 오싹함은 절대 잊을 수 없을 거요."

"기록으로 남기지 않는 한 언젠가는 잊고 말 거예요."

하얀 여왕이 대꾸했다.

그러자 하얀 왕이 주머니에서 커다란 수첩을 꺼내 끄적대기 시작하자 앨리스는 호기심이 발동했다. 이내 어떤 생각이 번뜩 떠오른 앨리스는 하얀 왕이 들고 있던, 길이가 어깨 너머로 튀어나온 깃펜의 끝을 잡고서는 대신 글을 쓰기 시작했다.

가엾은 하얀 왕은 어리둥절하고도 침통한 표정으로 한동안 말없이 깃펜과 씨름을 해댔다. 하지만 앨리스가 힘을 주고 있었기 때문에 결국 하얀 왕은 숨을 헐떡이며 말했다.

"오, 부인. 아무래도 좀 가느다란 펜이 있어야겠소. 이것은 감당이 안 되는구려. 생각지도 않는 말을 제멋대로 끄적이니 원……."

하얀 여왕이 수첩을 들여다보며 물었다.

"어떤 말을요?"

(앨리스는 '하얀 기사가 부지깽이를 타고 미끄러져 내려가고 있다. 그는 이리저리 휘청대고 있다'라고 적어냈다.)

"이건 당신의 기분을 적은 게 아니잖아요!"

앨리스 근처에 있는 탁자에 책 한 권이 놓여 있었다. 앨리스는 하얀 왕을 지켜보면서 (앨리스는 하얀 왕이 걱정되었던 터라 만약 그가 다시 기절할 경우를 대비해 그에게 끼얹을 잉크병도 손에 들고 있었다.) 책장을 이리저리 넘기며 읽을 만한 부분이 있는지 살펴보았다.

"하나도 모르는 말이잖아!"

책에는 이렇게 쓰여 있었다.

재버워키

브릴릭한 시간, 유연활달한 토브들이
물레 밭에서 뱅뱅 돌고 구멍을 뚫네.
보로고브들은 몹시 가냘프고,
몽 래스 짹 집에서 아우성치네.

시를 본 앨리스는 한동안 어리둥절했지만 이내 뭔가가 떠올랐다.

"거울 속 책이잖아! 그러니까 거울에 대고 보면 글자가 제대로 보일 거야."

그렇게 해서 앨리스가 읽은 시는 다음과 같았다.

재버워키

브릴링 시간, 미끈매끈 토브들이
와베 옆을 갈갈대고 길길대네.
보로고브들은 밈지하기 그지없고
몽쥐 땃세 제 집에서 아욱대네.

"내 아들아, 재버워크를 조심하거라.
그는 물어뜯는 턱과 낚아채는 발톱을 지녔으니.
주브주브 새를 경계하거라.
밴더스내치의 불같은 성미를 멀리하고."

그는 손에 부리 같은 검을 쥐었고
오랫동안 무시무시한 적에 맞서 싸웠더랬지.
그러고는 텀텀 나무 옆에서 휴식을 취하다
잠시 생각에 잠겨 멀뚱히 서 있었네.

그가 곰곰이 생각에 잠겨 있을 때
눈에 쌍불을 켠 재버워크가

어수룩한 모습으로
어스름한 숲을 지나 모습을 드러냈지.

하나, 둘! 하나, 둘! 쓱싹
부리 검이 휘날리네.
그리고는 죽은 몸뚱이 버려둔 채 모가지만 챙겨
의기양양 돌아온 게지.

"네가 재버워크를 죽였단 말이냐?
나의 팔에 안기거라, 빛나는 내 아들아!
이 찬란한 날을 자축하라! 자축하라!"
기쁨의 함성으로 그가 외치네.

브릴링 시간, 미끈매끈 토브들이
와베 옆을 갈갈대고 길길대네.
보로고브들 밈지하기 그지없고
몽쥐 땃세 제 집에서 아욱대네.

"뭔지 몰라도 정말 멋진걸!"
시를 다 읽은 앨리스가 말했다. (사실 앨리스는 시를 하나도
이해하지 못했다는 걸 인정하고 싶지 않았다.)
"별의별 생각이 다 떠오르긴 하지. 그저 그게 정확히 뭔

지 알 수가 없지만. 하지만 누군가가 무언가를 죽인 건 맞아. 그 정도는 확실해."

앨리스는 갑자기 자리에서 폴짝 뛰어올랐다.

"아차! 서두르지 않으면 이곳을 다 구경하기도 전에 다시 거울 집에서 나가야 할지도 몰라. 먼저 정원부터 살펴보자."

앨리스는 이내 문밖으로 나와 계단을 뛰어 내려갔다. 정확하게 말하면 뛰어 내려간다기보다는 앨리스에게 뭔가 새로운 방법이 생겨서 계단을 쉽고 빠르게 내려갈 수 있게 된 것 같았다. 앨리스는 손가락 끝을 난간 손잡이에 대고 발이 계단에 닿지도 않은 채 스르륵 미끄러져 내려왔다. 그런 다음 둥둥 뜬 채로 복도를 지나쳤다. 앨리스가 문기둥을 잡지 않았더라면 그 길로 곧장 문밖으로 나갔을지도 모른다. 한동안 허공에 떠 있어서 어지러웠던 터라 앨리스는 평소대로 걸을 수 있어서 되레 다행이라고 생각했다.

제2장
말하는 꽃들의 정원

"언덕 위로 올라가면 정원이 더 잘 보일 것 같아."

앨리스는 혼잣말로 중얼거렸다.

"곧장 이어지는 길이 나 있잖아. (길을 따라 몇 미터를 걷고 모퉁이를 여러 차례 돌고 나서는) 에구, 아닌 것 같네. 하지만 언젠가는 언덕에 가게 될 거야. 그런데 어쩌면 길이 이렇게 구불거릴 수가 있지? 길이 아니라 코르크 마개뽑이 같잖아. 음, 이 길은 언덕으로 이어질 거야. 가만있자…… 아니야, 아닌 것 같아. 이건 집으로 되돌아가는 길이잖아. 그렇다면 다른 길로 가야겠다."

그래서 앨리스는 다른 길로 향했다. 올라갔다 내려갔다, 여기를 돌고 저기를 돌아보았지만 어느 길로 가든 집으로 가는 길로 계속 되돌아오는 게 아닌가. 그래서 한번은 모퉁이를 돌 때 평소보다 좀 더 속도를 내보았으나 발걸음을 멈출 새도 없이 집에 머리를 쿵 박고 말았다.

"그렇게 말해봤자 소용없어! 난 아직 돌아갈 생각이 없다고. 난 결국 거울을 뚫고 원래의 집으로 돌아가겠지. 그러면 이 신비한 여행도 끝이란 말이야!"

앨리스가 집을 올려다보며 질세라 대꾸했다.

그리하여 앨리스는 집을 단호히 등지고는 언덕에 도착할 때까지 무조건 직진하리라 굳게 마음먹은 뒤 다시 발걸음을 옮겼다. 처음 몇 분 동안은 모든 게 잘 돌아갔다. 앨리스가 "이번에는 성공하겠어"라고 말하려던 참이었으니까. 하지만 (앨리스가 나중에 얘기한 것에 따르면) 갑자기 길이 굽이치더니 제멋대로 흔들리는 게 아닌가. 그러고는 이내 문 앞을 걷는 자신을 발견할 뿐이었다.

"이건 너무하잖아! 갈 길을 가로막는 집은 지금껏 한 번도 없었어. 단 한 번도!"

앨리스는 울부짖었다.

하지만 눈앞에 바로 언덕이 보이니 앨리스는 다시 시작하는 수밖에 없었다. 이번에는 커다란 꽃밭이 나왔다. 가장자리에는 데이지가 심어져 있었고, 한가운데에는 버드나무가 있었다.

앨리스는 바람결에 우아하게 흐느적대는 꽃에게 말을 걸었다.

"참나리야, 네가 말을 할 수 있으면 얼마나 좋을까!"

"우리는 말을 할 수 있단다."

참나리가 대답했다.

"그저 상대가 대화를 나눌 만한 가치가 있기만 하다면 말이야."

앨리스는 깜짝 놀라서 잠시 아무 말도 하지 못했다. 거의 숨이 멎을 지경이었다. 참나리가 여전히 바람에 이리저리 흐느적대고 있자 마침내 앨리스가 기어들어 가는 목소리로 물었다.

"꽃들이 전부 말을 할 줄 안다는 거야?"

"네가 할 수 있는 것만큼 할 수 있지. 목소리는 더 크게 낼 수 있는걸."

참나리가 말했다.

"그런데 먼저 말을 거는 건 예의가 아니야. 그래서 우린 네가 언제쯤 말을 걸까 궁금해하고 있었지. '꼴을 보아하니 상식이 없는 건 아니야. 하지만 똑똑하진 않네.' 이렇게 생각하고 있었어. 하지만 네 색깔은 적당하구나. 제법 오래가겠어."

장미가 말했다.

"난 색깔은 신경 쓰지 않아. 그저 꽃잎이 조금 더 말렸다면 더 나았을 거야."

참나리가 말했다.

28

앨리스는 트집 잡히는 걸 좋아하지 않는 터라 질문을 해서 화제를 바꿨다.

"이렇게 밖에 있으면 무섭지 않아? 너희들을 돌봐주는 이가 아무도 없잖아."

"그래서 저기 한가운데 버드나무가 있잖아. 아니면 저기 왜 있겠니?"

장미가 말했다.

"하지만 위험이 닥치면 나무가 뭘 할 수 있지?"

앨리스가 물었다.

"짖을 수 있지."

장미가 대꾸했다.

"'바우와우!' 하고 짖는단다. 그래서 나뭇가지를 '바우'라고도 부르는 거잖아."*

데이지가 큰소리로 설명했다.

"설마 그것도 몰랐니?"

또 다른 데이지가 소리쳤다.

그러자 여기저기서 다른 꽃들이 한꺼번에 소리치기 시작했고, 마침내 작고 날카로운 소리가 공중에 울려 퍼졌다.

"모두 조용히 해!"

---

* 영어에서 '개 짖는 소리'를 의미하는 'bow-wow'의 'bow'와 '나뭇가지'를 뜻하는 'bough'의 발음이 같다.

참나리가 이리저리 몸을 흔들면서 흥분한 듯 떨리는 목소리로 말했다.

"내가 자기들한테 다가갈 수 없다는 걸 알고 저러는 거야!"

그러더니 앨리스 쪽으로 고개를 숙이고 숨을 헐떡이며 덧붙였다.

"그렇지 않고서는 감히 저럴 수는 없지."

"신경 쓰지 마."

앨리스가 달래는 목소리로 말했다. 그러고는 다시 재잘대려는 데이지들에게 다가가 몸을 낮춰 속삭였다.

"입 다물지 않으면 너희들 모조리 뽑아버릴 줄 알아!"

순간 사방이 조용해졌다. 분홍색 데이지 중에는 새하얗게 질린 것들도 있었다.

"잘했어! 데이지들은 정말 못됐거든. 하나가 입을 열면 죄다 따라 한다니까. 쟤들이 재잘대는 걸 듣고 있으면 시들어버릴 것만 같아."

참나리가 말했다.

"어쩌면 그렇게 말솜씨가 좋니? 난 정말 많은 정원을 다녀봤지만 말을 할 줄 아는 꽃은 한 번도 못 봤거든."

앨리스는 꽃들의 기분을 좋게 해주고 싶어서 칭찬했다.

"땅에 손을 대고 흙을 느껴보렴. 그럼 이유를 알게 될 거야."

참나리가 말했다.

앨리스는 시키는 대로 했다.

"아주 딱딱해. 이게 무슨 상관이 있는지 모르겠어."

"다른 정원은 꽃밭이 너무 푹신해. 그래서 꽃들이 늘 잠만 자는 거란다."[*]

참나리가 말했다.

그럴듯한 이유 같다는 생각이 들었다. 앨리스는 그 사실을 알게 되어 무척이나 기뻤다.

"지금껏 한 번도 그렇게 생각해보지 못했어."

그러자 장미가 조금 비아냥거리듯 말했다.

"내 생각엔 넌 생각이라곤 전혀 하지 않는 것 같은데."

"너보다 더 멍청한 사람은 본 적이 없어."

제비꽃이 거들었다.

제비꽃이 갑자기 끼어들었던 터라 앨리스는 깜짝 놀라서 움찔했다.

"입 다물어! 넌 마치 다른 사람을 본 적이라도 있는 것처럼 말하는구나. 넌 이파리 아래에 고개를 푹 처박고 코나 골면서 잠이나 자라고! 꽃봉오리였을 때처럼 세상모르게 주무시라고요!"

참나리가 고함을 질렀다.

"이 정원에 나 말고 사람이 더 있니?"

[*]   '꽃밭'은 영어로 'flower bed'이다.

앨리스는 장미가 했던 말에 신경 쓰지 않는 척하며 물었다.

그러자 장미가 말했다.

"정원에 너처럼 움직일 수 있는 꽃이 한 송이 더 있긴 하지. 너희들이 어떻게 움직일 수 있는지 모르겠어." (이때 참나리가 "넌 뭐든 모르지" 하며 끼어들었다.)

장미는 말을 이었다

"하지만 너보다는 잎이 좀 더 수북했어."

"나처럼 생겼니? 이 정원 어딘가에 또 다른 여자애가 있나 봐!"

앨리스가 희망에 찬 목소리로 물었다.

"흠, 너처럼 이상한 모습이긴 했는데, 좀 더 붉고 꽃잎은 좀 짧은 것 같구나."

장미가 말했다.

"꽃잎이 달리아처럼 몸통에 딱 붙어 있었어. 너처럼 꽃잎이 제멋대로 나불대지 않고."

참나리가 끼어들었다.

"하지만 그건 네 잘못이 아니야. 넌 시들고 있는 거니까. 그러면 꽃잎이 지저분해지는 걸 막을 도리가 없거든."

장미가 친절하게 덧붙였다.

앨리스는 그 말이 마음에 들지 않았다. 그래서 화제를 바꾸려고 다른 질문을 했다.

"그 애가 여기 온 적 있니?"

"아마 곧 보게 될 거야. 그 아이는 아홉 개의 가시가 달린 꽃이야."

장미가 말했다.

"가시를 어디에 달고 있는데?"

호기심에 찬 앨리스가 물었다.

"물론 머리에 달고 있지. 그런데 너는 왜 똑같은 걸 달고 있지 않는지 모르겠구나. 난 다들 그런 줄 알았거든."

장미가 대꾸했다.

"저기 온다! 쿵쿵쿵 발소리가 들려. 자갈길을 걷고 있군."

참제비고깔이 소리쳤다.

앨리스가 주위를 열심히 둘러보니 이내 붉은 여왕이 눈에 들어왔다.

"엄청 커졌군!"

앨리스가 내뱉은 첫 마디였다. 정말로 그랬다. 앨리스가 붉은 여왕을 난로 잿더미에서 처음 발견했을 때 여왕은 고작 8센티미터 정도였다. 그런데 지금은 앨리스보다 머리의 반 정도가 더 큰 게 아닌가.

"맑은 공기 덕분이지. 여기 공기는 정말이지 훌륭하니까."

장미가 말했다.

"가서 저분을 만나봐야겠어."

꽃들이 재미있긴 했지만 진짜 여왕과 대화를 나누는 것이 훨씬 더 멋진 일 같았기 때문이다.

"아마 불가능할 거야. 너는 다른 쪽으로 걸어가게 될 테니까."

장미가 말했다.

앨리스에게 이 말은 말도 안 되는 소리로 들렸기 때문에 굳이 꽃의 말에 대꾸하지 않은 채 붉은 여왕이 있는 곳으로 바삐 나아갔다. 하지만 놀랍게도 여왕은 순식간에 사라지고 말았다. 앨리스는 다시금 현관 앞을 걷고 있는 게 아닌가.

짜증이 난 앨리스는 뒤로 물러서서 붉은 여왕을 찾아 이곳저곳 둘러보았다. (알고보니 여왕은 저 멀리 떨어져 있었다.) 이번에는 반대 방향으로 걸어가 보기로 했다.

멋지게 성공이었다. 순식간에 앨리스는 붉은 여왕 앞에 설 수 있었고, 그토록 가고 싶었던 언덕도 눈앞에 펼쳐졌다.

붉은 여왕이 물었다.

"어디서 왔지? 그리고 어디로 가는 거지? 위를 올려다보고 공손히 대답하려무나. 손가락 좀 그만 꼼지락대고."

여왕의 지시대로 행동한 앨리스는 자신이 길을 잃었다고 설명했다.

"네 길을 잃었다니, 무슨 말인지 모르겠구나. 이곳에 난 길은 모두 내 소유란다.* 그런데 이곳에는 대체 왜 온 거지?"

---

* 앨리스는 '길을 잃었다'는 뜻으로 "I lost my way."라고 말했는데, 여왕은 곧이곧대로 해석해 '내 길을 잃었다'로 받아들였다.

여왕이 말했다.

"답변을 생각하는 동안 예를 갖추도록 하렴. 그럼 시간을 아끼게 될 테니까."

여왕이 조금 친절한 말투로 덧붙였다.

앨리스는 그 말이 조금 의아했으나 여왕의 기세에 압도되어 수긍하지 않을 수 없었다. 그러고는 생각했다.

'집에 가면 시도해봐야겠어. 저녁 식사에 조금 늦게 되면 말이야.'

"이제 네가 답을 해야 할 시간이구나. 말을 할 때는 입을 좀 더 크게 벌리거라. 그리고 항상 '존경하는 폐하'를 붙이도록."

여왕이 시계를 내려다보며 입을 열었다.

"전 그저 정원이 어떻게 생겼는지 보고 싶었습니다, 존경하는 폐하."

"잘했다."

여왕이 앨리스의 머리를 쓰다듬으며 말했다. 앨리스는 여왕의 그런 행동이 달갑지 않았다.

"그런데 넌 '정원'이라고 말하는데, 나는 정원을 많이 봐왔지. 그래서 비교해보건대, 이것은 황무지라고 해야 할 것 같구나."

앨리스는 감히 반대할 수가 없었다. 하지만 하던 말을 이어갔다.

"그리고 저 언덕 꼭대기까지 가는 길을 찾던 중이었습니다."

"언덕이라니."

여왕이 또 말을 가로막았다.

"네게 수많은 언덕들을 보여줄 수도 있단다. 그런 것에 비하면 저건 골짜기라 불러야 할 것 같구나."

"아니오. 그렇지 않아요. 언덕은 골짜기가 될 수 없어요. 그건 말이 안 돼요."

앨리스가 여왕의 말에 결국 반박하는 자신의 모습에 놀라워하며 말했다.

그러자 붉은 여왕이 고개를 저었다.

"네가 원한다면 '말도 안 된다'고 부르렴. 하지만 나는 말도 안 되는 것들을 들어봤는데, 그것들에 비하면 이것은 사전만큼 논리 정연하단다."

여왕이 조금 언짢아하는 듯하자 겁을 먹은 앨리스가 다시금 예를 갖추었다. 그러고는 작은 언덕의 꼭대기에 다다를 때까지 말없이 걷기만 했다.

한동안 앨리스는 말없이 사방을 둘러보았다. 그리고 이곳이 정말 신비한 나라임을 깨닫게 되었다. 이쪽에서 저쪽까지 직선으로 작은 시냇물이 졸졸 흘러내렸고, 중앙에 위치한 땅은 시냇물과 시냇물을 이어주는 수많은 작은 울타리를 따라 바둑판처럼 나뉘어져 있었다.

"이건 정말 거대한 체스판처럼 생겼잖아!"

앨리스가 마침내 입을 열었다.

"분명 저 위로 지나다니는 사람들이 있을 거야. 저기 봐! 역시 있어."

앨리스는 흥분한 목소리로 말을 이어갔다. 흥분해서 심장이 쿵쾅거리기 시작했다.

"이곳에서는 엄청 큰 체스 게임이 벌어지고 있나봐. 이곳이 세상이라면, 온 세상이 체스판인 셈이지. 아, 얼마나 흥미진진할까! 나도 저 판에 끼고 싶다. 저 판에 들어갈 수만 있다면 병사여도 상관없을 것 같아. 물론 여왕이 되면 제일 좋겠지만 말이야."

앨리스가 중얼거리면서 수줍게 진짜 여왕을 바라보았다. 여왕은 그저 다정하게 미소 지을 뿐이었다.

"그건 어렵지 않지. 네가 원한다면 하얀 여왕의 병사가 될 수 있단다. 릴리는 아직 너무 어려서 끼워줄 수 없거든. 너는 둘째 칸에서 시작하렴. 여덟째 칸에 다다르면 여왕이 될 수 있단다."

바로 그 순간, 이들은 무슨 일인지 달리기 시작했다.

그 당시에는 자초지종을 깨닫지 못했다. 그저 나중에 돌이켜 생각해보니 앨리스와 여왕은 손을 맞잡고 달리고 있었다. 게다가 여왕이 어찌나 빠른 속도로 달리던지 앨리스는 뒤쫓아 가느라 다른 생각을 할 겨를도 없었다. 그런데도 여왕은 "더 빨리! 더 빨리!"를 외쳐댈 뿐이었다. 앨리스는 너무 숨이 차서 더 빨리 달릴 수 없다고 생각했지만 그렇게 말할 기력도 없었다.

그런데 정말 이상한 점은 나무와 주변 풍경이 제 위치에서 조금도 벗어나지 않는다는 것이었다. 전속력으로 달린들, 그 무엇도 스쳐 지나가는 것 같지 않았다.

'모든 것들이 우리와 함께 움직이기라도 하는 걸까?'

앨리스는 어리둥절해져서 생각했다.

여왕은 앨리스의 생각을 읽기라도 한 듯 소리쳤다.

"더 빨리! 아무 말 하지 말고!"

앨리스는 너무 숨이 차서 이제는 더 이상 말을 못하게 되는 건 아닌가 하는 생각마저 들었다. 그럼에도 여왕은 앨리스를 잡아당기며 계속 소리쳤다.

"더 빨리! 더 빨리!"

"거의 다 온 건가요?"

마침내 앨리스가 숨을 헐떡이며 간신히 입을 열었다.

"거의 다? 우린 10분 전에 이미 지나쳤어. 더 빨리!"

여왕이 말했다.

두 사람은 한동안 말없이 계속 달렸다. 바람에 귓전이 얼얼했고 머리카락은 다 뽑혀나갈 것만 같았다.

"자! 더 빨리! 더 빨리!"

여왕이 계속 재촉했다.

두 사람은 이제 너무 빨리 달려서 발이 땅에 닿지도 않는 듯했다. 그렇게 허공을 가르던 중 지칠 대로 지친 앨리스는 갑자기 발걸음을 멈추고는 바닥에 털썩 주저앉고 말았다. 너무도 숨이 차고 어지러웠다.

여왕이 앨리스를 부축하여 나무에 기대게 한 뒤 다정한 목소리로 말했다.

"이제 조금 쉬려무나."

주위를 두리번거리던 앨리스는 화들짝 놀라고 말았다.

"이 나무 아래에 계속 있었던 건가요? 모든 것이 그대로 예요!"

"물론이고말고. 그럼 뭘 기대한 거지?"

여왕이 말했다.

"제가 머물던 곳에서는 이처럼 오랫동안 빠른 속도로 달리면 보통 다른 곳에 도착하게 되거든요."

앨리스가 숨을 헐떡이며 말했다.

"느려터진 곳이구나. 이곳에서는 말이다, 보다시피 같은 자리를 지키고 있으려면 계속 달릴 수밖에 없단다. 만약 네가 다른 곳으로 가고 싶다면 적어도 두 배는 더 빠르게 달려야만 해."

여왕이 말했다.

"그럼 저는 그냥 있을래요. 이곳에 머무르는 거로 만족하겠어요. 저는 지금 너무 덥고 목이 타거든요."

앨리스가 말했다.

"네가 뭘 원하는지 알지."

여왕이 다정하게 말하며 주머니에서 작은 상자를 꺼냈다.

"과자 하나 먹겠니?"

먹고 싶은 마음은 전혀 없었지만 "아니오"라고 말하는 건 예의가 아니라는 생각에 앨리스는 한 조각을 받아 들고는 하는 수 없이 먹기 시작했다. 정말이지 퍽퍽했다. 앨리스는 이토록 목이 턱 막힌 적도 처음이라고 생각했다.

"네가 잠시 숨을 돌리는 동안, 나는 간격을 좀 재봐야겠구나."

여왕이 말했다.

그러더니 주머니에서 줄자를 꺼내어 땅에 대고는 이곳저곳에 말뚝을 박기 시작했다. 작은 말뚝으로 거리를 표시하면서 여왕이 말을 이어갔다.

"2미터에 다다르면 말이지, 네가 갈 곳을 알려주도록 하지. 과자 한 조각 더 줄까?"

"아니오. 괜찮습니다. 하나로도 충분해요."

앨리스가 말했다.

"목마른 게 가셨지?"

여왕이 물었다.

앨리스는 뭐라 대답해야 할지 몰라서 우물쭈물했는데 다행스럽게도 여왕은 다그치지 않았다.

"3미터 지점에 이르면 네가 갈 곳을 다시 알려주마. 네가 까먹을 수도 있으니 말이야. 4미터 지점에서는 나와 작별인사를 해야 해. 그리고 5미터 지점에서 나는 떠날 거란다."

그쯤 되자 여왕은 말뚝을 다 꽂았다. 앨리스는 붉은 여왕이 나무로 돌아왔다가 다시 말뚝을 따라 천천히 걸어가는 모습을 재미있다는 듯 바라보았다.

2미터 지점에 이르자 붉은 여왕이 고개를 돌려 말했다.

"너도 알다시피 병사는 처음에 두 칸을 가지. 그러니 너는 아주 빨리 셋째 칸으로 갈 수 있어. 내 생각엔 기차를 타고 말이지. 그러면 눈 깜짝할 사이에 넷째 칸에 이르게 될 거야. 그 칸은 트위들덤과 트위들디의 영역이야. 다섯째 칸은 거의 물이야. 여섯째 칸은 험프티 덤프티 영역이란다. 그런데 너는 왜 아무 말이 없는 거지?"

"대답을 해야 하는 건지 몰…… 몰랐어요."

앨리스가 우물쭈물하며 말했다.

여왕은 엄숙하게 나무라는 투로 말했다.

"'이런 걸 세세히 다 알려주셔서 정말 감사드려요' 하고 말했어야 했단다. 하지만 네가 말했다고 치자. 일곱째 칸은 온통 숲이란다. 하지만 기사 한 명이 나타나서 네게 길을 알려줄 거야. 여덟째 칸에서 우리는 함께 여왕이 될 수 있지. 그럼 우리는 연회를 열고 즐길 수 있지."

앨리스가 자리에서 일어나 꾸벅 절을 한 뒤 다시 자리에 앉았다.

다음 말뚝에 이르자 붉은 여왕은 뒤를 돌아보며 말했다.

"영어가 떠오르지 않으면 프랑스어로 말하거라. 발가락을 쭉 펴고 걷고. 네가 누군지 잊지 말거라."

여왕은 이번에는 앨리스가 다시 절을 할 때까지 기다리지 않은 채 다음 말뚝이 있는 곳으로 허겁지겁 나아갔다. 그러고는 잠시 멈춰 서서 "안녕!"이라고 말하더니, 이내 마지막 말뚝으로 가버렸다.

어떤 상황인지 앨리스는 알 길이 없었다. 하지만 여왕은 마지막 말뚝에 이르자 사라져버렸다. 공중으로 사라졌는지, 숲속으로 재빨리 달려갔는지 (앨리스는 '여왕은 엄청 빨리 달리니까'라고 생각했다.) 알 길은 없었지만 어쨌든 여왕은 사라졌다. 그리고 앨리스 자신이 병사라는 것과 이제 곧 움직일 때라는 것을 생각해냈다.

제3장
거울 나라의 곤충들

물론 제일 먼저 할 일은 여행할 나라를 꼼꼼히 살피는 것이었다.

'지리 수업 같잖아.'

앨리스는 좀 더 먼 곳까지 볼 수 있지 않을까 기대하며 발꿈치를 들어보았다.

'주요 하천 없음. 주요 산맥은 이미 내가 서 있는 이곳뿐. 이름은 없는 것 같고, 주요 마을은……. 어마나, 저 아래에서 꿀을 모으는 저 녀석들은 뭐지? 벌은 아닌 것 같은데. 1킬로미터나 떨어진 거리에서 벌이 보일 리가 없잖아.'

앨리스는 그것들이 꽃밭 사이를 이리저리 헤매며 주둥이를 꽃들 사이에 박아 넣는 것을 한동안 지켜보았다.

'하는 짓이 벌이랑 똑같네.'

놀랍게도 그건 벌이 아니었다. 코끼리였다. 그걸 알아차리던 순간 앨리스는 숨이 멎는 것만 같았다. 그러고는 샘솟는 궁금증.

'그렇다면 저 꽃들은 대체 얼마나 크다는 거야? 지붕이 홀라당 벗겨진 오두막집처럼 생긴 것을 나무 줄기가 다잡고 있겠지. 대체 꿀은 얼마나 많이 만들어낸다는 걸까? 내려가서 살펴봐야겠어. 잠깐, 아직은 아니야.'

앨리스는 언덕을 내려가다 말고 순간 멈칫했다. 그러고는 갑자기 소심해졌는지 이리저리 둘러대기 시작했다.

"저 녀석들을 멀리 쫓아낼 긴 작대기도 없는데 내려가겠다니, 어림도 없어. 게다가 사람들이 산책이 어땠냐고 물으면 얼마나 웃기겠어. 그렇게 되면 난 '오, 정말 좋았어요'라고 대답할 테지. (그러면서 내가 제일 좋아하는 머릿결 휘날리기를 선보이는 거야!) 그러고는 '그저 먼지가 좀 날리고 무더웠지요, 뭐. 참, 코끼리들도 어찌나 장난을 치던지' 하고 말해야지."

앨리스는 생각에 잠기더니 이내 입을 열었다.

"다른 길로 내려가는 게 좋겠어. 코끼리는 다음에 만나도 되니까. 게다가 난 셋째 칸에 빨리 가보고 싶단 말이야!"

그럴듯한 핑계거리가 생기자 앨리스는 언덕을 한걸음에 내달려 여섯 개 중 첫 번째 시냇물을 폴짝 뛰어 건넜다.

*　　　　　*　　　　　*　　　　*

　　*　　　　　　*　　　　　　*

*　　　　　*　　　　　*　　　　*

　“차표 검사요!”

　차장이 창문으로 머리를 빼꼼히 들이밀며 말했다. 그러자 저마다 차표를 꺼내 들었다. 기차표는 사람 크기만큼 커서 기차 칸이 표로 꽉 들어차는 것 같았다.

　“꼬마야, 표를 보여주렴.”

　차장이 앨리스를 무섭게 노려보며 말했다. 그러자 승객들이 한 목소리로 외치기 시작했다. (앨리스는 ‘합창곡을 부르는 것 같군’ 하고 생각했다.)

　“얘야, 차장님을 기다리게 해선 안 된단다! 저분의 시간은 1분에 1,000파운드나 한다고!”

　“죄송하지만, 저는 표가 없어요. 제가 출발한 곳에서는 매표소가 없었어요.”

　앨리스가 겁을 집어먹은 듯 대답했다.

　그러자 다시금 이어지는 합창.

　“저 애가 온 곳에는 매표소를 세울 만한 공간이 없어. 그곳의 땅은 1인치에 1,000파운드나 하니까!”

　“핑계는 안 된다. 기관사에게 샀어야지.”

　차장이 말했다.

또다시 이어지는 합창 소리.

"기차를 운전하는 사람 말이야. 연기를 한 번 뿜어낼 때마다 1,000파운드라고!"

앨리스는 속으로 생각했다.

'그러면 말해봤자 소용이 없네.'

앨리스가 조용하니 이번에는 맞받아치는 목소리도 없었다. 하지만 놀랍게도 속으로는 모두 합창으로 생각을 했다. (여러분은 '합창으로 생각하기'가 무슨 뜻인지 알리라 믿는다. 왜냐하면 사실 나는 모르기 때문이다.)

'아무 말 하지 않는 게 더 낫단다. 말은 한 단어에 1,000파운드의 가치라고!'

앨리스는 생각했다.

'오늘 밤 꿈은 1,000파운드에 대한 것일 거야. 분명히 그럴 거야.'

그러는 동안 내내 차장은 앨리스를 바라보고 있었다. 처음에는 망원경, 그다음에는 현미경, 그런 다음에는 오페라 극장용 안경으로 쳐다보았다. 마침내 차장이 입을 열었다.

"너는 잘못된 방향으로 가고 있구나."

그러고는 창문을 닫고 가버렸다.

맞은편에 앉은 신사가 앨리스에게 말을 걸었다. (그는 흰 종이를 입고 있었다.)

"애야, 아무리 어린애라도 말이다, 제 이름은 몰라도 갈

곳은 알아야 하는 것 아니니?"

흰 종이를 입은 신사 옆자리에 앉은 염소가 눈을 지그시 감은 채 큰소리로 말했다.

"제 이름 철자는 몰라도 매표소 가는 길은 알고 있어야지!"

염소 옆에는 딱정벌레 한 마리가 앉아 있었다. (그 기차 안은 요상한 승객들로 가득 차 있었다.) 돌아가면서 한 마디씩 하는 게 규칙이라도 되는지 이번에는 딱정벌레가 입을 열었다.

"여기서 소포로 되돌려 보내면 돼!"

딱정벌레 뒤로는 누가 앉아 있는지 보이지 않았지만 목이 쉰 듯한 말투가 이어졌다.

"기차를 갈아타!"

딱 거기까지였다.

'꼭 말 소리 같았는데.'

앨리스는 생각했다. 그러자 이내 매우 작은 소리가 귓가에 소곤댔다.

"그걸로 말장난을 해도 되겠는걸! 말 소리랑 쉰 목소리로 말이야."[*]

다음엔 저 멀리서 아주 점잖은 소리가 들려왔다.

"'숙녀이니 조심히 다뤄주세요'라는 딱지라도 붙어주든

---

[*]   영어에서 '말'을 뜻하는 'horse'와 '쉰 목소리'를 뜻하는 'hoarse'는 발음이 유사하다.

해야지, 원."

다른 목소리도 계속 이어졌다. (앨리스는 '한 칸에 도대체 몇 명이나 탄 거야!' 하고 생각했다.)

"머리가 붙어 있으니 우편으로 부치세!"*

"전보로 보내야지!"

"종착역까지 쟤더러 기차를 끌라지!"

그러자 흰 종이를 입은 신사가 몸을 숙이더니 앨리스의 귀에 대고 속삭였다.

"저들이 쑥덕이는 말은 귀담아듣지 말거라, 얘야. 하지만 기차가 멈출 때마다 돌아가는 표를 사두는 게 좋겠구나."

"저는 애당초 이 기차 여행을 하던 게 아니었다고요. 저는 조금 전까지만 해도 숲에 있었어요. 지금은 그 숲으로 다시 돌아가고 싶어요."

앨리스가 신경질적으로 맞받아쳤다.

"그걸로 말장난이 가능하겠구나. '할 수만 있다면 해보라지' 이렇게 말이야."

작은 목소리가 그녀의 귓전에 대고 속삭였다.

앨리스는 어디에서 들려오는 목소리인지 알아내려고 허공을 두리번거리며 말했다.

"놀리지 말아요! 말장난이 그렇게 하고 싶으면 직접 해보

---

* 　영국 빅토리아 시대에는 '우표'를 '머리(head)'라고 부르기도 했다.

지 그래?"

작은 목소리가 깊게 한숨을 내쉬었다. 그 소리가 매우 슬프게 들려서 앨리스는 위로가 되는 무슨 말이라도 꺼내야 할 것만 같았다.

앨리스는 생각했다.

'다른 사람들처럼 그냥 한숨을 내쉬기만 한 거라면 좋으련만.'

하지만 그 한숨은 정말 작게 내쉰 거라 매우 가까이에서 듣지 않았더라면 알아차리지도 못했을 소리였다. 녀석이 앨리스의 귓바퀴에 대고 한숨을 내쉬다 보니 앨리스는 귀가 너무 가려워서 이 한숨쟁이가 불행할 것이란 생각도 이내 달아나버리고 말았다.

작은 목소리의 주인공이 소곤댔다.

"넌 내 친구야. 사랑하는 친구이자 오랜 단짝이지. 내가 설령 벌레일지라도 넌 날 해치지 않을 거야."

"무슨 벌레인데?"

앨리스가 조금 걱정스럽게 물었다.

사실 앨리스가 진짜 알고 싶었던 건 그 벌레가 혹시 쏘지는 않을까 하는 것이었다. 하지만 물어보는 건 예의가 아닌 것 같았다.

"그렇다면 너는……."

작은 목소리가 입을 열었지만 기차의 날카로운 기적 소

리에 뒷말이 묻히고 말았다. 모두가 깜짝 놀라서 자리에서 일어났다. 앨리스도 마찬가지였다.

말이 창밖으로 고개를 내밀어 살핀 뒤 다시 안으로 들이고는 말했다.

"시냇물 하나를 뛰어넘느라 그런 거야."

그 말에 다들 마음이 놓인 듯했다. 하지만 기차가 폴짝 뛰어넘는다고 생각하니 앨리스는 불안해졌다.

'그래도 넷째 칸으로 갈 수 있잖아. 그건 다행이지.'

이내 기차는 공중으로 떠오르는 것만 같았다. 앨리스는 화들짝 놀란 나머지 손에 잡히는 대로 마구 움켜잡았는데, 하필이면 염소의 수염을 붙잡고 말았다.

    *   *   *   *

       *   *   *

    *   *   *   *

그런데 앨리스의 손아귀에 닿자마자 수염이 녹아내리는 게 아닌가. 게다가 앨리스 역시 어느새 나무 아래에 앉아 있었다. 모기 한 마리(그 모기가 앨리스와 얘기를 나눈 곤충이었다)가 앨리스 머리 위 나뭇가지에 붙어 간신히 몸을 지탱하며 날개로 부채질을 해주고 있었다.

꽤 몸집이 큰 모기였다.

'닭 정도는 되겠는걸.'

앨리스는 생각했다. 그럼에도 오래 이야기를 주고받은 터라 무섭거나 하지는 않았다. 마치 아무 일도 없었다는 듯 모기가 물었다.

"넌 벌레라면 다 싫으니?"

"말을 할 줄 아는 벌레면 좋아. 내가 살던 곳에선 말하는 벌레를 본 적이 없거든."

앨리스가 대꾸했다.

"네가 살던 곳에서는 어떤 벌레를 좋아했는데?"

모기가 물었다.

"그 어떤 벌레도 좋아한 적은 없어. 오히려 무서워했지. 적어도 몸집이 큰 벌레는 말이야. 하지만 벌레 이름은 몇 개 알아."

앨리스가 설명했다.

"네가 이름을 불러주면 그 벌레들은 당연히 대답을 하겠지?"

모기가 무심하게 말했다.

"그건 모르겠는데."

"불러도 대답하지 않을 거면 이름이 있는 게 무슨 소용이야?"

모기가 말했다.

"벌레들에게는 쓸모가 없을지도 모르지만 벌레를 부르

는 사람들한테는 유용할 수 있어. 그렇지 않고선 왜 다들 이름을 갖고 있겠니?"

앨리스가 말했다.

"그건 나도 모르지. 저 아래 숲에 사는 벌레들은 이름이 없거든. 그렇지만 알려줘. 네가 이름을 안다는 그 벌레들 말이야. 시간 낭비하지 말고."

모기가 대꾸했다.

"음, 우선 말파리가 있어."

앨리스는 손가락으로 하나씩 세어가며 벌레 이름을 읊기 시작했다.

"좋아. 숲을 절반쯤 가다보면 흔들말파리를 보게 될 거야. 저 말파리는 몸통이 온통 나무로만 되어 있는데, 나뭇가지 사이를 흔들흔들 옮겨 다니면서 살아."

모기가 말했다.

"흔들말파리는 뭘 먹고 살아?"

앨리스가 호기심 가득한 눈빛으로 물었다.

"나무의 진이랑 톱밥을 먹고 살지. 자, 계속해봐."

모기가 말했다.

앨리스는 흥미롭게 흔들말파리를 바라보았다. 겉이 너무도 밝고 끈적거렸기 때문에 앨리스는 방금 전에 색을 덧칠한 게 분명하다고 생각했다.

"그리고 잠자리가 있어."

앨리스는 계속 벌레 이름을 댔다.

"네 머리 위 나뭇가지를 보렴. 그럼 스냅드래곤잠자리가 보일 거야. 몸통은 건포도 푸딩으로 되어 있고, 날개는 호랑가시나무* 잎으로 되어 있지. 머리는 브랜디를 끼얹고 불을 붙인 건포도로 되어 있어."**

모기가 말했다.

"그 벌레는 뭘 먹고 살아?"

앨리스가 아까와 똑같이 물었다.

"우유 밀죽***하고 다진 고기파이****를 먹어. 크리스마스 선물 상자에 둥지를 튼단다."

모기가 대꾸했다.

앨리스는 머리에서 불이 뿜어져 나오는 그 벌레를 유심히 살핀 뒤 생각했다.

'벌레들이 촛불 주위에 몰리는 건 스냅드래곤잠자리로 변하고 싶어서일지도 몰라.'

"그리고 나비가 있어."

앨리스는 계속 벌레의 이름을 꼽았다.

---

* 크리스마스 장식용 나무.
** 브랜디에 건포도를 넣고 불을 붙여서 먹는 놀이인 '스냅드래곤'과 이름이 같아 말장난을 하는 상황이다.
*** 밀에 설탕, 향료, 우유를 넣고 쑨 죽이다.
**** 영국에서 크리스마스 때 먹는 전통 음식으로, 말린 과일과 양념을 넣어 만든 파이이다.

"네 발밑을 기어가고 있어. (앨리스는 놀라서 얼른 발을 뒤로 뺐다.) 버터바른빵나비가 보이지? 날개는 버터 바른 얇은 빵조각이고, 몸통은 식빵 껍질, 머리는 각설탕 조각이란다."*

모기가 말했다.

"이건 뭘 먹고 살아?"

"연한 차에 크림을 섞은 걸 먹지."

앨리스는 이내 갸우뚱해져서 물었다.

"그런 걸 찾지 못하면?"

"그러면 당연히 죽게 되겠지."

"그런 일이 자주 일어날 것 같은걸."

앨리스가 걱정하며 말했다.

"늘 있는 일이지."

모기가 말했다.

앨리스는 한동안 생각에 잠겼다. 그러는 동안 모기는 앨리스의 머리 위를 윙윙대며 즐겁게 노닐었다. 마침내 모기가 가만히 앉더니 입을 열었다.

"넌 네 이름을 잃어버리고 싶지 않겠지?"

"물론이고말고."

앨리스가 걱정스레 말했다.

---

*   영어로 나비는 butter-fly, 즉 '버터'라는 단어가 들어간다.

"글쎄, 난 잘 모르겠는걸. 이름 같은 게 없다면 집에 갈 때 얼마나 편하겠니? 예를 들어 가정교사가 수업을 하려고 널 부른다고 생각해봐. 그럼 '이리 와보렴'이라고 할 테지. 하지만 결국 수업을 할 수가 없을 거야. 부를 이름이 없으니까. 넌 수업에 갈 필요도 없고."

모기가 가볍게 말했다.

"그렇게는 절대 되지 않아. 그런 걸로는 핑계가 되지 않는다고. 만약 내 이름을 기억하지 못한다면 '아가씨!' 하고 부르겠지. 다른 하인들처럼 말이야."

앨리스가 말했다.

"음, 만약 '아가씨'라고만 하고 더 이상 말하지 않는다면, 넌 수업을 빼먹어도 되는 셈이지.* 아, 농담이야! 네가 농담을 했으면 좋을 텐데."

모기가 말했다.

"왜 내가 농담을 하길 바라는 거지? 그건 나쁜 말장난이야."

앨리스가 말했다.

하지만 모기는 이내 깊게 한숨을 내쉬더니 커다란 눈물이 볼 아래로 두 방울 뚝뚝 흘러내렸다.

"결국 널 슬프게 만들 뿐인 농담은 하지 말았어야지."

앨리스가 말했다.

---

* '아가씨(Miss)'와 '빼먹다(miss)'의 철자와 발음이 같다.

그러자 땅이 꺼질 듯한 한숨이 또 한 차례 새어 나왔는데, 모기는 자기가 내쉰 한숨에 날아가 버린 것만 같았다. 앨리스가 고개를 들어 올려다보았지만 나뭇가지에 그 무엇도 보이지 않았기 때문이다. 오래도록 앉아 있던 탓에 추웠던지라 앨리스는 박차고 일어나 걷기 시작했다.

이내 널찍한 들판이 펼쳐졌고, 한쪽에는 숲이 울창했다. 지난번 숲보다는 훨씬 더 음침해서 앨리스는 들어가자니 조금 겁이 났다. 하지만 이내 들어가 보기로 마음먹었다.

'다시 뒤로 돌아가지는 않을 테니까!'

앨리스는 생각했다. 게다가 이 길은 여덟째 칸으로 향하는 유일한 길이기도 했다.

"분명 이 숲일 거야."

앨리스는 생각에 잠겨서 중얼거렸다.

"그 누구도 이름이 없다는 그 숲 말이야. 들어가면 내 이름은 어떻게 될까? 난 이름을 잃어버리긴 싫은데. 그렇게 되면 나는 다른 이름으로 불리게 될 테고, 그 이름은 괴상할 게 뻔하니까. 하지만 내 옛날 이름을 얻게 된 누군가를 발견한다면 그것도 재밌을 것 같아. 사람들이 강아지를 잃어버리고 길에 붙이는 전단지 같은 거지. 이를 테면 '대시라고 부르면 반응을 함. 쇠목걸이를 하고 있음' 같은 거 말이야. 마주치는 것마다 '앨리스!'라고 부른다고 생각해봐. 그리고 대답하는 애를 만날 때까지 계속하는 거지. 물론 똑똑한 애들이라면 불러도 대꾸를 안 하겠지만 말이야."

앨리스는 어느덧 숲에 도착했다. 서늘하고 그늘진 곳이었다.

"어쨌든 쾌적한걸."

앨리스가 나무 그늘로 몸을 피하며 말했다.

"여태껏 무더운 곳에 있다가 들어오니…… 음…… 그런데 어디로 들어왔지?"

앨리스는 단어가 떠오르지 않아 깜짝 놀랐다.

"여기 말이야. 이…… 이거 아래……."

앨리스가 나무의 몸통에 손을 짚으며 말했다.

"아, 이걸 뭐라고 부르더라. 아마 이름이 없나봐. 분명 이름이 없는 거야!"

그러고는 골똘히 생각에 잠기더니 이내 다시 종알대기 시작했다.

"그럼 정말 그 일이 일어난 거잖아! 그렇다면 나는 누구지? 기억해야 해. 반드시 그럴 거야."

하지만 아무리 다짐한들 도움이 되지 않았다. 한참을 고민한 끝에 겨우 생각해낸 것이라곤 'L'로 시작한다는 정도뿐이었다.

바로 그때 새끼 사슴 한 마리가 지나갔다. 사슴은 커다란 눈망울을 끔벅이며 앨리스를 다정하게 바라보았다. 당황하는 기색은 없어 보였다.

"이리 온! 이리 온!"

앨리스는 손을 내밀어 사슴을 쓰다듬으려 했다. 하지만 새끼 사슴은 주춤거리며 뒷걸음친 뒤 앨리스를 빤히 쳐다볼 뿐이었다.

"너는 너를 뭐라고 부르니?"

새끼 사슴이 마침내 입을 열었다. 다정한 목소리였다.

'나도 그게 궁금한걸.'

가엾은 앨리스는 마음속으로 생각했다. 그러고는 슬픈 목소리로 말했다.

"없어. 지금은 이름이 없어."

"다시 생각해보렴. 그럴 리 없어."

새끼 사슴이 말했다.

앨리스는 다시 곰곰이 생각해보았지만 그 무엇도 떠오르지 않았다. 그래서 소심한 목소리로 새끼 사슴에게 물었다.

"너는 너를 뭐라고 부르니? 그걸 알면 좀 도움이 될 것 같아서."

"저곳으로 조금 더 가서 알려줄게. 이곳에서는 기억이 나지 않거든."

새끼 사슴이 대답했다.

그러고는 둘은 함께 숲을 걸었다. 앨리스는 새끼 사슴의 목에 자신의 팔을 살포시 둘렀다. 이내 넓은 들판이 눈앞에 펼쳐졌다. 그러자 새끼 사슴이 갑자기 공중으로 펄쩍 뛰어오르더니 앨리스가 두르고 있던 팔을 떨치는 게 아닌가! 그러고는 신이 나서 소리쳤다.

"나는 새끼 사슴이야! 그리고 있지, 너는 인간 아이잖아!"

새끼 사슴의 아름다운 갈색 눈동자에 갑자기 무언가가 번뜩거렸고, 이내 새끼 사슴은 놀라서 줄행랑을 치고 말았다.

저 멀리 사라지는 새끼 사슴을 멀뚱히 바라보면서 앨리스는 갑자기 길동무를 잃어버렸다는 사실에 너무 화가 나서 눈물이 나올 것만 같았다. 하지만 마음을 고쳐먹었다.

"그래도 난 이제 내 이름을 알잖아. 적어도 그건 다행이지. 앨리스, 앨리스. 다시는 까먹지 않을 테야. 그런데 이 표지판 중에서 어느 것을 따라야 한다는 거야?"

사실 답하기 어려운 질문은 아니었다. 숲에는 길이 하나밖에 없었고, 표지판 두 개가 모두 그 길을 가리키고 있었기 때문이다.

"길이 갈라져서 표지판이 서로 반대 방향을 가리키게 되면 그때 가서 고민하지 뭐."

하지만 그런 일은 일어날 것 같지 않았다. 앨리스가 한참을 걷고 또 걸었지만 두 표지판은 모두 같은 방향을 향하고 있었다. 하나는 '트위들덤의 집', 다른 표지판에는 '트위들디의 집'이라고 적혀 있었다.

앨리스가 마침내 입을 열었다.

"아, 둘이 한 집에 사는가봐. 왜 지금까지 그 생각을 못했을까? 하지만 그곳에 오래 머무를 수는 없어. 나는 그저 인기척이 있는지 본 다음 '안녕하세요?'라고 인사한 뒤 숲을 빠져나가려면 어떻게 하는지 물어볼 거야. 어두워지기 전에 여덟째 칸에 갈 수만 있다면 좋을 텐데."

그러고는 혼자 재잘대며 계속 걸었다. 길모퉁이를 도는 순간 땅딸막한 두 명의 남자와 부딪혔다. 너무 갑작스러웠던 터라 앨리스는 잠시 주춤했지만 이내 정신을 차리고는 생각했다. 이들이 바로…….

제4장
트위들덤과 트위들디

그들은 어깨동무를 한 채 나무 그늘에 서 있었다. 앨리스는 누가 누구인지 단번에 알아차렸다. 한 사람의 옷깃에는 '덤', 다른 이의 옷깃에는 '디'라고 수놓아져 있었기 때문이다.

"뒷목 부위에는 분명 둘 다 '트위들'이라고 새겨져 있을 테지."

앨리스가 중얼거렸다.

두 사람 모두 어찌나 꼼짝도 안 하는지 앨리스는 그들이 살아 있다는 사실을 까맣게 잊고는 옷깃 뒷부분에 '트위들'이라고 쓰였는지 확인해보려고 했다. 그때 '덤'이라고 써 있던 사람이 소리를 지르는 바람에 앨리스는 화들짝 놀라고 말았다.

"우리가 밀랍인형이라고 생각한다면, 돈을 내라고! 밀랍

인형은 공짜 눈요깃거리가 아니거든. 절대 아니라고!"

"반대로 우리가 살아 있다고 생각한다면 넌 말을 해야
해."

'디'라고 써 있는 사람이 거들었다.

앨리스는 "정말 죄송합니다"라는 말밖에 할 수 없었다.
옛날 노래 가사가 시계바늘처럼 째깍째깍 앨리스의 머릿속
에 맴돌았기 때문이었다. 앨리스는 참다못해 소리 내어 노
래를 부르고 말았다.

　트위들덤과 트위들디
　한 판 겨루기로 했네.
　트위들덤이 말하길
　트위들디가 자신의 새 방울을 망가뜨렸다지 뭔가.

　바로 그때 까마귀 한 마리가 날아왔지.
　타르 통만큼 시꺼먼 무서운 녀석이었어.
　두 사람은 이내 움츠러들었지.
　그러고는 한 판 승부를 잊고 말았네.

"네가 무슨 생각을 하는지 알아. 하지만 그건 그렇지 않
아, 절대로."

트위들덤이 말했다.

"반대로, 그렇다고 한다면 그렇겠지. 그랬더라면 그럴 거고. 하지만 지금 아니라면 아닌 거지. 그게 규칙이야."

트위들디도 나섰다.

"저는 이 숲에서 나가는 가장 좋은 길이 어딘지 찾고 있던 중이었어요. 날이 어두워지고 있으니까요. 알려주실 수 있나요?"

앨리스가 공손하게 말했다.

하지만 키 작고 뚱뚱한 남자들은 마주 보며 히죽댈 뿐이었다.

두 사람은 영락없는 몸집 좋은 남학생으로 보였기에 앨리스는 트위들덤을 가리키며 말했다.

"첫 번째 학생!"

"아니야!"

트위들덤이 소리를 꽥 지르더니 이내 입을 꾹 다물었다.

"다음 학생!"

트위들디를 가리키며 앨리스가 말했다. 속으로 분명 저 남자는 "반대로!"라고 외치겠거니 생각했는데 역시나였다.

"넌 틀렸어! 누군가를 찾아가서 가장 먼저 해야 하는 일은 '안녕하세요?'라고 인사한 뒤 악수를 하는 거야!"

트위들덤이 소리쳤다.

그러고는 두 형제가 서로를 꽉 끌어안더니 놀고 있던 다른 손을 내밀어 앨리스에게 악수를 청했다.

앨리스는 두 사람 중 그 누구와도 악수를 하고 싶지 않았지만 혹여나 마음을 상하게 할까 걱정이 되었다. 가장 좋은 방법은 양손을 모두 내밀어 악수를 받아주는 것. 그러고 나서 세 사람은 빙글빙글 돌면서 춤을 추었다. (나중에 돌이켜 생각해보니) 이 모든 게 어찌나 자연스러웠는지 음악 소리가 들렸을 때 심지어 놀라지도 않았던 것 같았다. 음악 소리는 세 사람이 춤을 추던 나무 위쪽에서 울려 퍼지는 듯했고 (앨리스가 듣기에는 그러했다.) 나뭇가지들이 바이올린과 활처럼 서로 맞닿아 내는 소리 같았다.

"하지만 그건 정말 재미있었어! 내가 「우리는 오디나무를 빙빙 돈다네」를 불렀지 뭐야. 내가 언제부터 흥얼댔는지 기억도 안 나. 그런데 아주 오랫동안 그 노래를 부르고 있었던 것 같아."(나중에 앨리스는 언니에게 이야기를 들려주면서 이렇게 말했다.)

함께 춤을 춘 두 사람은 뚱뚱해서 이내 지치고 말았다.

"한 번 춤추는 데는 네 바퀴를 도는 걸로 충분해."

트위들덤이 켁켁거리며 말했다. 그러고는 처음 춤을 시작했을 때처럼 갑작스레 춤을 멈췄다. 그러자 음악도 끝이 났다.

그들은 잡고 있던 앨리스의 손을 놔주며 한참 동안 그녀를 빤히 쳐다보았다. 방금 함께 춤을 춘 사람들과 무슨 대화를 나눠야 할지 몰랐던 앨리스는 그 순간이 조금 당황스러웠다. 그래서 혼자 중얼거렸다.

"이제 와서 '안녕하세요?'라고 하면 안 되겠지. 어찌하든 그보다는 친해진 사이가 돼버렸잖아."

그래서 마침내 꺼낸 한마디.

"많이 지치진 않으셨길 바라요."

"그렇지 않아. 물어봐줘서 고맙구나."

트위들덤이 말했다.

"정말이고말고. 너는 시를 좋아하니?"

트위들디가 덧붙였다.

"네, 꽤 좋아하는 편이에요. 몇몇 시는요. 숲에서 나가려면 어느 길로 가야 하는지 알려주실 수 있나요?"

앨리스가 망설이면서 말했다.

"무엇을 읊어주는 게 좋을까?"

트위들디가 앨리스의 질문은 못 들은 척하면서 트위들덤을 진지한 눈초리로 바라보며 물었다.

"「바다코끼리와 목수」가 제일 길지."

트위들덤이 자신의 형제를 꼭 끌어안으며 대답했다.

그러자 트위들디가 시를 읊기 시작했다.

햇살이 쏟아졌지.

이때 앨리스가 과감히 끼어들며 말했다.

"만약 시가 너무 길다면 우선 어느 길로 가면……."

최대한 공손한 말투였다.

그러나 트위들디는 미소를 지으며 다시 시를 읊기 시작했다.

햇살이 바다 위로 쏟아졌네.

온 힘을 다해 강렬히 내리쬐었지.

파도를 부드럽고 잔잔하게 만들 정도였다네.

하지만 이상하기도 하지.

그때는 한밤중이었거든.

달이 뽀로통하게 빛나고 있었네.

달은 날이 저물었으니

해가 있을 이유가 없다고 생각했지.

달이 말했네.

"정말 무례하군.

다가와 즐거움을 망쳐놓다니."

바다는 젖을 대로 젖어 있었고

모래는 마를 대로 말라 있었네.

구름은 한 점도 보이지 않았지.

하늘에는 구름이 없었으니까.

새 한 마리 머리 위에서 노닐지 않았어.
날아다닐 새가 없었으므로.

바다코끼리와 목수는
바짝 붙어서 걷고 있었네.
수북한 모래더미를 보자 한탄을 했지.
"모래를 쓸어버릴 수만 있다면,
참 좋을 텐데."

바다코끼리가 물었네.
"만약 일곱 명의 하녀가 일곱 빗자루를 들고
반년을 쓸어낸다면 깨끗해질까?"
"힘들 거야."
목수가 답했네.
그러고는 쓰디쓴 눈물을 흘렸지.

바다코끼리가 간청했네.
"굴들아 와서 함께 걷지 않겠니!
짠맛 나는 해변 따라
유쾌하게 산책하고, 재미난 대화를 하자꾸나.
비록 우리 손은 네 개밖에 없지만
손을 잡고 말이야."

가장 나이 많은 굴이 바다코끼리를 쳐다보네.
하지만 한마디도 하지 않았지.
한쪽 눈을 찡긋하곤
무거운 머리를 절레절레 흔들었네.
굴밭을 떠나지 않겠다는 뜻인 게지.

하지만 어린 굴 넷은 서둘러 청에 응했네.
저들의 외투를 쓱쓱 닦고
얼굴도 박박 문질렀지.
신발은 말끔하고 깨끗해졌어.
그런데 이상하기도 하지.
저들에겐 발이 없거든.

다른 굴 넷도 그들을 쫓아왔네.
그리고 또 다른 굴 넷도 뒤쫓아왔어.
그러고는 무리가 더 늘어났지.
더 많이, 더 많이, 더 많이
모두들 거품 이는 파도를 뚫고 첨벙거리며
해변으로 기어올라 왔네.

바다코끼리와 목수는
1킬로미터를 걸었네.

그런 다음 적당히 낮은 바위에 걸터앉아
편안히 휴식을 취했더랬지.
어린 굴들은 한 줄로 서서
기다렸네.

"때가 되었군."
바다코끼리가 말했네.
"많은 이야기를 나눠보세.
신발과 배, 봉랍, 양배추와 왕들에 대해서 말이야.
그리고 바다가 왜 보글보글 끓는지,
돼지에게 날개가 있는지에 대해서도 말이지."

"시작하기 전에 잠시만요."
굴들이 소리치네.
"숨 좀 돌리고요.
우리 중에는 숨이 찬 녀석도 있고
우린 죄다 뚱뚱보라고요."
목수가 외치네.
"서두를 것 없어!"
그러자 굴들이 감사 인사를 전했지.
바다코끼리가 말했네.
"빵 한 덩이가 가장 필요하지.

후추와 식초가 있으면 더더욱 좋고.
자, 굴들아, 이제 준비가 되었으면
너희들을 먹어주마."

"우리를 먹을 수 없어요!"
굴들이 새파랗게 질려서 소리치네.
"그토록 잘해주다가
이제 와서 뒤통수를 치다니요!"
바다코끼리가 말했네.
"아름다운 밤일세.
경치가 좋지 않은가?"

"이렇게 와줘서 매우 고맙네.
착한 녀석들."
목수는 이렇게만 말했네.
"한 조각 더 잘라줘.
귀먹은 건 아니겠지?
내가 두 번이나 말했잖아."

바다코끼리가 말했네.
"이런 속임수를 쓰다니 부끄럽구나.
저들을 이토록 멀리 데려와서.

그토록 빠른 걸음으로 걷게 했는데."
목수는 이렇게만 말했네.
"버터를 너무 많이 발랐어."

바다코끼리가 말했네.
"너희들을 위해 울어줄게.
너무 불쌍해."
바다코끼리는 훌쩍대면서
가장 큰 녀석을 골라냈지.
손수건을 꺼내서
눈물을 닦으며.

"오, 굴들아!"
목수가 말했네.
"즐거운 달리기였어!
다시 달려서 집으로 가볼까?"
하지만 그 누구도 대답치 않네.
이상한 일은 아니지.
저들이 모조리 먹어치웠으니까.

"전 바다코끼리가 나은 것 같아요. 적어도 가엾은 굴들에
게 미안한 마음은 갖고 있잖아요."

앨리스가 말했다.

"하지만 바다코끼리가 목수보다 굴을 더 많이 먹었는걸. 바다코끼리가 손수건으로 앞을 가리고 있어서 목수는 그 녀석이 얼마나 먹어치웠는지 셀 수가 없었던 게지. 그러니까 반대인 거야."

트위들디가 대꾸했다.

"그건 나쁘다. 그렇다면 전 목수가 더 좋아요. 바다코끼리만큼 먹지는 않았으니까."

앨리스가 화를 내며 말했다.

"목수도 배부를 때까지 먹었는걸."

트위들덤이 말했다.

이것은 어려운 문제였다. 앨리스는 잠시 주춤하다 다시 입을 열었다.

"그렇다면 둘 다 나쁜……."

바로 그때 앨리스는 근처 어디선가 커다란 증기기관차에서나 뿜어낼 법한 소리가 나서 화들짝 놀라고 말았다. 앨리스는 사나운 짐승의 소리 같아서 겁을 집어 먹었다. 앨리스가 기어들어 가는 목소리로 물었다.

"이곳에 사자나 호랑이가 사나요?"

"붉은 왕이 코 고는 소리일 뿐이야."

트위들디가 말했다.

"가서 보자!"

두 형제가 동시에 외쳤다. 그러고는 앨리스의 손을 하나씩 잡고 왕이 잠을 자고 있는 곳으로 향했다.

"정말 사랑스럽지 않니?"

트위들덤이 말했다.

앨리스는 곧이곧대로 말할 자신이 없었다. 붉은 왕은 술이 달린 커다란 붉은색 수면 모자를 뒤집어쓰고는 코를 드르렁 골며 웅크린 채 자고 있었다.

"코를 골다가 머리가 떨어져나가고 말겠어."

트위들덤이 말했다.

"축축한 잔디밭 위에서 자면 감기에 걸릴지도 몰라요."

앨리스가 걱정스레 말했다.

"그는 꿈을 꾸는 중이지. 지금 무슨 꿈을 꾸고 있는 것 같니?"

트위들디가 물었다.

"그건 아무도 모르죠."

앨리스가 대꾸했다.

"모르긴! 네 꿈을 꾸는 거잖아!"

트위들디가 잔뜩 신이 나 손뼉을 치며 말했다.

"너에 대한 꿈을 꾸다 깨어나면 넌 어디에 있을 것 같니?"

"당연히 지금 제가 서 있는 이곳이겠죠."

앨리스가 대답했다.

"그렇지 않아! 넌 어디에도 없을 거라고. 왜냐고? 넌 왕의 꿈에서나 있을 법한 것 중 하나이니까."

트위들디가 질세라 쏘아붙였다.

"왕이 깨어나면…… 너는 마치 촛불처럼…… 휙! 사라지는 거지."

"그렇지 않아요! 게다가 제가 왕의 꿈에서나 존재하는 그런 것이라면 당신들은 뭔가요? 알려주실래요?"

앨리스가 잔뜩 화를 내며 소리쳤다.

"같음!"

트위들덤이 말했다.

"같음! 같음!"

트위들디도 소리쳤다.

트위들디가 어찌나 큰소리로 말했던지 앨리스는 자신도 모르게 이렇게 말하고 말았다.

"쉬잇! 그렇게 큰소리로 말했다간 왕이 깨겠어요."

"그건 쓸데없는 걱정이야."

트위들덤이 말했다.

"넌 왕의 꿈에 나오는 것 중 하나일 뿐이니까. 넌 진짜가 아니야. 너도 잘 알잖아."

"전 진짜라고요……."

앨리스가 울먹이며 말했다.

"운다고 네가 더 진짜처럼 되는 건 아니야. 울 이유가 없는 거지."

트위들디가 말했다.

"제가 만약 진짜가 아니라면 울 수조차 없겠죠."

너무나도 기가 막혀서 앨리스가 훌쩍대면서도 너털웃음을 지으며 말했다.

"설마 그게 진짜 눈물이라고 생각하는 거야?"

트위들덤이 불같이 화를 내며 끼어들었다.

앨리스는 잠시 생각에 잠겼다.

'전부 엉뚱한 소리만 하고 있잖아. 그러니 저런 말 때문에 운다는 건 한심한 거야.'

그래서 앨리스는 눈물을 닦고 최대한 밝은 목소리로 말했다.

"어쨌든 저는 이 숲을 나가는 게 좋겠어요. 날이 정말 어두워지고 있잖아요. 곧 비가 내릴 것 같지 않나요?"

트위들덤이 자신과 형제의 머리 위로 큰 우산을 펴고, 그 속에서 위를 올려다보며 말했다.

"아니, 그럴 것 같지 않은데. 적어도 이 우산 아래에서는 말이야."

"하지만 우산 바깥은 비를 맞잖아요."

"그럴 수 있지. 선택하기 나름일 테니까. 우린 이의 없어. 반대로."

트위들디가 말했다.

'정말 이기적이군.'

앨리스는 그렇게 생각하고는 "좋은 밤 되세요" 하고 작별인사를 한 후 발걸음을 막 옮기려던 참이었다.

그때 트위들덤이 우산 밖으로 빼꼼히 나와서는 앨리스의 손목을 붙들었다.

"저것 보이니?"

그가 감정이 사무치는 듯 말했다. 그의 눈은 휘둥그레지더니 순간 번쩍였다. 벌벌 떨리는 그의 손가락은 나무 아래에 놓여 있는 하얗고 작은 무언가를 가리키고 있었다.

"방울이잖아요. 방울뱀이 아니라고요."

앨리스가 하얗고 작은 무언가를 요리조리 살펴본 뒤 말했다.

트위들덤이 겁을 먹었을지도 모른다는 생각에 앨리스가 재빨리 덧붙였다.

"그냥 낡은 방울이에요. 아주 낡고 망가진."

"그건 나도 알아! 망가진 것도 알고!"

트위들덤이 발을 동동 구르고 머리카락을 쥐어뜯으며 외쳤다. 그러고는 바닥에 주저앉아 우산 아래로 몸을 웅크린 트위들디를 바라보았다.

앨리스는 트위들덤의 팔을 잡고 달래는 투로 말했다.

"그렇게까지 화낼 건 없잖아요. 고작 낡은 방울인걸요."

"낡은 게 아니란 말이야! 어제 산 거야. 새 것이라고! 내가 아끼는 새 방울인데!"

트위들덤이 잔뜩 화를 내며 쏘아붙였다.

그사이 트위들디는 우산 아래 숨은 채로 어떻게든 우산을 접어보려고 바둥대고 있었다. 그 모습이 어찌나 엉뚱했던지 앨리스는 화가 머리끝까지 난 트위들덤에게서 시선을 돌려 우산 속 트위들디를 바라보았다. 우산을 접는 건 결국 실패로 끝났고, 트위들디는 우산에 엉겨 붙은 채 바닥에 널브러졌다. 누운 채로 머리만 빼꼼히 내밀고는 커다란 눈과 입을 끔벅대고 있었다.

'꼭 물고기 같군.'

앨리스는 생각했다.

"한 판 붙는 거지?"

트위들덤이 조금 누그러진 말투로 말했다.

"그러지 뭐."

그의 형제가 우산 밖으로 기어나오며 대수롭지 않다는 듯 대답했다.

"저 아이가 옷 입는 걸 도와준다면 말이야."

두 형제는 손을 맞잡고 숲으로 들어간 뒤 얼마 지나지 않아 잡동사니를 한 아름 안고 돌아왔다. 베개, 담요, 벽난로 깔개, 식탁보, 그릇 덮개, 석탄통 같은 것이었다.

"핀을 꽂고 끈을 묶는 것 정도는 할 수 있지? 이 물건들을 무슨 수를 써서라도 전부 몸에 걸쳐야 해."

트위들덤이 말했다.

앨리스가 나중에 말하길, 살면서 그런 난리법석은 처음이었다고 했다. 게다가 두 형제가 어찌나 수다스럽던지. 몸에 걸치는 것들도 요란했다. 심지어 앨리스더러 이것 붙여라, 저것 묶어라, 들볶아대니 앨리스도 정신을 차릴 수가 없었다.

"준비가 다 끝나면 그냥 낡은 옷 한 무더기처럼 보이겠어."

트위들디 목둘레에 베개를 걸쳐주면서 앨리스가 중얼거렸다.

"내 머리통이 잘려나가지 않게 하려는 거야!"

트위들디가 말했다. 그러고는 심각하게 덧붙였다.

"그거 알아? 싸움에서 벌어질 수 있는 가장 심각한 일이 바로 모가지가 날아가는 거라고."

앨리스는 웃음이 터져 나왔지만 이내 헛기침을 하는 시늉을 했다. 상대방의 기분을 상하게 하고 싶지 않아서였다.

트위들덤이 투구를 씌워달라고 다가오며 말했다.

"내가 창백해 보이나?"(그는 투구라고 불렀지만 사실 프라이팬에 더 가까웠다.)

"네, 조금요."

앨리스가 공손하게 대답했다.

그러자 그가 낮은 목소리로 말했다.

"나는 평소에는 매우 대범하지. 그런데 하필이면 오늘 두통이 있지 뭐야."

그 말을 엿들은 트위들디가 말했다.

"나는 치통이 생겼지 뭐야. 너보다 훨씬 더 아프다고."

두 형제를 화해시킬 절호의 기회라고 생각한 앨리스가 말했다.

"그러면 오늘은 싸우지 않는 게 좋지 않을까요?"

"무조건 한 판 붙기는 해야 해. 오래 걸려도 상관없지만 말이야. 지금 몇 시지?"

트위들덤이 말했다.

"4시 30분."

트위들디가 시계를 보며 말했다.

"그럼 6시까지 싸우고 저녁을 먹도록 하지."

트위들덤이 말했다.

그러자 트위들디가 조금 울적한 표정으로 말했다.

"그래, 그러지 뭐."

그러고는 덧붙였다.

"우리가 싸우는 걸 지켜봐도 돼. 너무 가까이 다가오지만 않는다면 말이야. 나는 흥분하면 눈에 띄는 건 모조리 한 방에 날려버리거든."

"그리고 난 손에 잡히는 건 모조리 때려 부수지! 눈에 띄든 그렇지 않든 말이야."

트위들덤이 소리쳤다.

앨리스가 웃으며 말했다.

"그러면 나무를 자주 치겠군요."

그러자 트위들덤이 만족스러운 미소를 지으며 주위를 둘러보았다.

"우리의 싸움이 끝날 무렵이면 주위에 멀쩡한 나무가 한 그루도 없을 테니까."

"고작 방울 하나 때문에 말이죠."

앨리스는 두 형제가 얼마나 사소한 일 때문에 다투는지 깨닫게 해주려고 말했다.

"그게 새것만 아니었어도 이 정도로 화가 나지는 않았을 거야."

트위들덤이 말했다.

'무시무시한 까마귀가 나타났으면 좋겠어.'

앨리스는 생각했다.

"검은 하나뿐이야. 하지만 넌 우산으로 하면 되지. 그것도 꽤 날카로우니까. 이제 빨리 시작하기만 하면 돼. 날이 정말 많이 어두워졌거든."

트위들덤이 형제를 바라보며 말했다.

"더 어두워졌지."

트위들디가 말했다.

주위가 갑자기 너무도 어두워져 앨리스는 폭풍우라도 다가오는 게 아닌가 생각했다.

"검은 구름 좀 봐. 어찌나 빨리 다가오는지 날개라도 달린 것 같아."

앨리스가 말했다.

"까마귀다!"

그때 트위들덤이 깜짝 놀란 나머지 떨리는 목소리로 소리쳤다. 그 순간 두 형제는 이내 줄행랑을 쳤고 순식간에 눈앞에서 사라졌다.

앨리스는 숲속으로 달려가서는 큰 나무 아래에서 멈춰 섰다.

'여기서는 날 잡을 수 없겠지.'

앨리스는 생각했다.

'나무 사이를 비집고 들어오기엔 까마귀가 너무 크니까. 하지만 날갯짓은 좀 그만했으면 좋겠어. 펄럭일 때마다 태풍이 부는 것 같단 말이야. 어머, 저기 숄이 날아가네!'

제5장
양털과 물

앨리스는 큰 숄을 붙잡고는 주인을 찾아 주위를 두리번거렸다. 이내 하얀 여왕이 허겁지겁 숲을 가로질러 달려왔다. 두 팔을 펼친 채 달려오는 모습이 하늘을 나는 것만 같았다. 앨리스는 큰 숄을 손에 든 채 하얀 여왕에게 다가갔다.

"제가 마침 길가에 있어서 정말 다행이에요."

여왕이 숄을 걸치는 걸 거들어주며 앨리스가 말했다.

하지만 하얀 여왕은 조금 놀란 듯 기운 없는 얼굴로 앨리스를 빤히 쳐다볼 뿐이었다. 그러고는 "버터 바른 빵, 버터 바른 빵"이라고 중얼거렸다. 앨리스는 여왕과 무슨 말이라도 주고받으려면 자신이 먼저 말문을 열어야겠다고 생각했다. 그래서 조심스러운 목소리로 물었다.

"제가 지금 하얀 여왕님께 인사를 드리고 있는 건가요?"

"이걸 옷 입히기라고 부른다면 그렇다고 할 수도 있겠구나. 하지만 나는 그렇게 생각하지 않아."*

하얀 여왕이 말했다.

앨리스는 초면에 말다툼을 하고 싶지는 않았던 터라 웃으며 말했다.

"그럼 폐하께서 시작하는 방법을 알려주시면 따르겠습니다."

"하지만 그러고 싶지 않구나. 나는 두 시간 동안이나 혼자서 옷을 입었거든."

가엾은 여왕이 투덜거렸다.

앨리스가 보기에 여왕에게는 옷을 입혀줄 다른 누군가가 있는 편이 더 나을 것 같았다. 여왕의 옷매무새는 형편없었기 때문이다.

'죄다 이상해. 게다가 온몸에 핀투성이잖아.'

앨리스가 그렇게 생각하고는 큰소리로 물었다.

"제가 숄을 제대로 걸쳐드릴까요?"

"뭐가 문제인지 모르겠구나. 화가 났었나봐. 나는 여기저기에 핀을 꽂았지. 그런데 하나도 마음에 안 들어."

여왕이 서글픈 목소리로 말했다.

---

* 영어에서 '상대하다, 인사를 하다'를 뜻하는 'address'와 '옷을 입히다'를 뜻하는 'dress'는 철자와 발음이 유사하다.

"한쪽 방향으로만 핀을 꽂으면 제대로 되지 않는답니다."

앨리스가 여왕의 어깨에 숄을 제대로 걸쳐주며 말했다.

"어머나, 머리 모양은 이게 뭔가요!"

"빗이 머릿속에 엉켜 있을 거야. 어제 빗을 잃어버렸거든."

여왕이 한숨을 내쉬며 말했다.

앨리스는 조심스럽게 빗을 빼내서 머리 모양을 다듬어주었다. 그런 다음 여왕의 머리에 아무렇게나 꽂힌 핀도 빼내서 제대로 꽂아주었다.

"자, 이제 한결 괜찮아졌어요. 하지만 여왕님은 정말 하녀 한 명은 두셔야 할 것 같아요."

"너를 데려가면 딱 좋겠구나. 일주일에 2펜스를 줄게. 이틀에 한 번꼴로 잼도 주고 말이야."

여왕이 말했다.

앨리스는 웃지 않을 수 없었다.

"저는 하녀가 되고 싶지 않아요. 잼도 필요 없고요."

"정말 좋은 잼인걸."

여왕이 말했다.

"어쨌든 저는 오늘 잼이 필요하지 않답니다."

"네가 혹시나 먹고 싶어진다고 해도 얻을 수 없어. 내일의 잼, 어제의 잼이 있을지 몰라도 오늘의 잼은 없거든. 그게 규칙이야."

여왕이 말했다.

"언젠가는 오늘의 잼이 올 수밖에 없잖아요!"

앨리스가 따졌다.

"그렇지 않아. 잼은 이틀에 한 번꼴로 주는 거니까. 오늘이 다른 날이 될 수는 없는 게지."*

여왕이 말했다.

"무슨 말인지 모르겠어요. 너무 복잡해요."

앨리스가 말했다.

"거꾸로 살아서 그런 거란다. 처음에는 누구나 좀 어리둥절하지."

여왕이 다정하게 말했다.

"거꾸로 산다고요? 그런 이야기는 처음 들어봐요!"

앨리스가 깜짝 놀라며 말했다.

"하지만 여기에도 큰 장점이 있지. 기억이 양쪽에서 작용하거든."

"제 기억은 분명 한쪽으로만 움직이는걸요. 저는 일어나지 않은 일은 기억하지 못해요."

앨리스가 말했다.

"뒤로만 작용하다니 안타깝구나."

여왕이 말했다.

---

* 'every other day'는 '하루 걸러 한 번'을 뜻하는데, 여왕은 'other day'를 '다른 날'이고 직역해 말장난을 하고 있다.

"여왕님은 제일 기억에 남는 일이 뭐였어요?"

앨리스가 용기를 내어 물었다.

"예를 들자면, 다다음 주에 벌어질 일들이지."

여왕이 대수롭지 않다는 듯 말했다. 그러고는 손가락에 커다란 고약을 붙였다.

"왕의 시종이 있는데, 지금 벌을 받아서 감옥에 갇혔어. 재판은 다음 주 수요일에 열릴 거고. 물론 죄는 가장 마지막에 저지르지."

"만약 그 신하가 죄를 저지르지 않았다면요?"

앨리스가 물었다.

"그럼 천만다행인 거고."

여왕이 손가락에 붙인 고약에 반창고를 두르며 말했다.

앨리스는 딱히 반박할 수가 없었다.

"물론 다행이긴 하지요. 하지만 벌을 받는 건 좋은 일이 아니잖아요."

"그렇지 않아. 벌을 받아본 적이 있니?"

여왕이 물었다.

"제가 잘못을 했을 때만요."

앨리스가 말했다.

"그러니 너는 더 나은 사람이 되었잖니."

여왕이 신이 나서 말했다.

"알아요. 하지만 저는 벌을 받을 만한 일을 해서 벌을 받은 거예요. 그러니 다르지요."

앨리스가 말했다.

"하지만 애초에 네가 벌받을 일을 하지 않았더라면 그 편이 더 나은 게지. 훨씬 더 말이야."

여왕의 목소리는 '더'를 말할 때마다 점점 더 커지더니 이윽고 괴성처럼 들렸다.

"뭔가 잘못되고 있나봐요……."

앨리스는 이렇게 말하던 참이었다. 그때 여왕이 갑자기 큰소리로 비명을 지르는 바람에 앨리스는 하던 말을 끝맺지 못했다.

"아! 아! 아!"

여왕이 손을 마구 흔들며 비명을 질렀다.

"손가락에서 피가 나! 아! 아! 아!"

여왕의 비명은 증기기관차에서 울려대는 경적 소리와 흡사했다. 앨리스는 두 손으로 귀를 틀어막았다.

"무슨 일이세요? 손가락을 어디에 찔린 건가요?"

자신의 목소리가 들리게 되자 앨리스가 물었다.

"아직 찔리지 않았어. 하지만 곧 찔릴 거야. 아! 아! 아!"

"그걸 어떻게 아세요?"

앨리스가 터져 나오는 웃음을 겨우 참으며 물었다.

"내가 숄을 다시 두를 때 브로치가 빠질 거야. 아, 아!"

가엾은 여왕이 신음소리를 내며 말했다.

그러는 동안 정말 브로치가 풀렸고, 여왕은 브로치를 잽싸게 움켜쥐려고 했다.

"조심하세요! 너무 꽉 잡으셨어요!"

앨리스가 소리쳤다.

이번에는 앨리스가 브로치를 잡았다. 하지만 이미 늦었다. 핀이 미끄러져서 여왕의 손가락을 찌르고 말았다. 그러자 여왕이 미소를 지으며 말했다.

"자, 이제 피가 나는 이유를 알겠구나. 이곳에서 일이 벌어지는 방식도 알아차렸을 테고."

"왜 이번에는 소리 지르지 않으시나요?"

앨리스가 다시 귀를 틀어막을 준비를 하며 물었다.

"이미 소리는 다 질렀잖니. 또다시 해야 할 필요가 뭐 있니?"

여왕이 말했다.

이 무렵이 되자 주위가 밝아지기 시작했다.

"까마귀가 날아간 게 분명해요. 날아가 버려서 정말 다행이에요. 밤인 줄 알았지 뭐예요."

앨리스가 말했다.

"나도 다행이라고 할 수 있었으면 좋겠구나."

여왕이 말했다.

"그런데 규칙이 기억이 나질 않아. 이 숲에 지내면서 좋은 일이 생길 때 즐거워할 수 있으니, 너는 행복하겠구나."

"하지만 이곳에서는 너무 외로운걸요."

앨리스가 시무룩하게 말했다. 외롭다는 생각을 하자 커다란 눈물이 두 방울 뚝 흘러내렸다.

"오, 그러지 마. 네가 얼마나 대단한 아이인지 생각해보렴. 오늘 네가 얼마나 먼 길을 왔는지 떠올려보란 말이다. 몇 시인지도 생각해보고. 뭐든 떠올려봐. 그리고 울지만 마!"

가엾은 여왕이 어쩔 줄 몰라서 앨리스의 두 손을 붙들며 말했다.

앨리스는 눈물을 뚝뚝 흘리는 와중에도 웃음을 참을 수가 없었다.

"이런저런 생각을 하면 눈물이 멈추나요?"

"물론이고말고."

여왕이 단호하게 말했다.

"두 가지 일을 동시에 할 수 있는 사람은 없어. 네 나이부터 한번 생각해보자. 넌 몇 살이지?"

"정확히 일곱 살 반이에요."

"'정확히'라고 말할 필요는 없단다. 그렇게 말하지 않아도 널 믿으니까. 이제 네가 믿을 만한 뭔가를 알려줄게. 나는 백한 살 하고 다섯 달 하루를 살았단다."

여왕이 말했다.

"믿을 수 없어요!"

앨리스가 말했다.

"그러니?"

여왕이 아쉽다는 듯 말했다.

"그럼 다시 해보자. 숨을 길게 내쉬어보렴. 눈을 감고."

앨리스가 소리 내어 웃었다.

"그건 노력한다고 되는 게 아니잖아요. 그렇게 한다고 불가능한 걸 믿게 할 수는 없어요."

"넌 충분히 노력하지 않았으니 그렇지."

여왕이 말했다.

"내가 네 나이였을 적엔 말이다, 나는 매일 30분씩 연습했어. 가끔은 아침 먹기 전에 불가능한 일들을 여섯 가지나 믿은 적도 있단다. 어머! 숄이 다시 날아가잖아!"

여왕이 말하는 동안 브로치가 풀려버렸고, 갑자기 모래바람이 일자 여왕의 숄이 시냇물 건너편으로 날아가 버렸다. 여왕은 다시 두 팔을 뻗어 숄을 뒤쫓아 날아갔다. 이번에는 성공이었다.

"잡았다!"

여왕이 자신만만하게 외쳤다.

"이제 내가 직접 핀을 꽂아보도록 하지."

"그럼 지금은 손가락이 괜찮으신 건가요?"

앨리스는 공손하게 말하고 여왕을 따라 시냇물을 건넜다.

*　　　　*　　　　*　　　　*

　　*　　　　　*　　　　*

*　　　　*　　　　*　　　　*

"물론이고말고. 많이 좋아졌어."

여왕이 말했다. 그러고는 괴성처럼 내질렀다.

"마아니! 마아아아니! 매에에!"

마지막 단어는 어찌나 길게 내빼며 소리치는지 꼭 양의 울음소리 같았다.

앨리스는 여왕을 쳐다보았다. 여왕은 갑자기 온몸을 양털로 두르고 있는 듯했다. 앨리스는 두 눈을 비비고 다시 쳐다보았다. 그새 무슨 일이 있었던 것인지 이해할 수가 없었다. 내가 상점에 있었던가? 그리고 정말, 정말로 계산대 맞은편에 앉아 있는 건 양이 맞는 거지? 앨리스는 다시 눈을 비비고 보는 것 외에는 달리 해볼 수 있는 일이 없었다. 앨리스는 작고 어두운 상점에 있었고, 팔꿈치를 계산대에 짚은 채 서 있었다. 맞은편에는 늙은 양 한 마리가 있었다. 양은 흔들의자에 앉아 뜨개질을 하며 이따금씩 앨리스를 안경 너머로 쳐다보았다.

양이 뜨개질을 잠시 멈추고는 마침내 입을 열었다.

"찾는 물건이라도 있니?"

"아직은 잘 모르겠어요. 우선 한 번 둘러보고 싶어요. 괜찮으시다면요."

앨리스가 공손하게 말했다.

"정면과 측면을 볼 수 있단다. 하지만 전부 둘러볼 수는 없어. 뒤통수에 눈이 달린 게 아니라면 말이야."

양이 말했다.

앨리스는 뒤통수에 눈이 있지 않았던 터라 몸을 돌려서 선반을 바라보는 수밖에 없었다.

상점에는 온갖 기이한 물건들로 가득 차 있는 것처럼 보였다. 그런데 이상한 점은 어느 선반이건 빤히 쳐다보면 언제나 비어 있다는 것이었다. 대신 그 선반 주위의 다른 선반들은 물건들로 빼곡히 차 있었다.

"여기에서는 물건들이 날아다니나 봐!"

인형처럼 보이기도 하고 도구함으로 보이기도 하는 커다랗고 번쩍이는 무언가를 쫓다가 허탕만 치고 시간을 날려버린 앨리스가 무덤덤하게 내뱉었다. 앨리스가 원하는 물건은 쳐다보고 있던 선반에서 꼭 하나 윗칸에 놓여 있었다.

"정말 약을 올리는군. 내가 경고하는데……."

그러다가 어떤 생각이 번뜩 떠올랐는지 앨리스가 덧붙여 말했다.

"가장 윗칸까지 쫓아가야겠어. 설마 물건이 천장을 뚫고 나가지는 않겠지."

하지만 앨리스의 계획은 물거품으로 돌아갔다. 물건은

마치 늘 그래왔다는 듯 소리 없이 천장을 뚫고 나가버렸기 때문이다.

"넌 아이니, 팽이니?"

양이 또 다른 뜨개바늘 한 쌍을 꺼내며 말했다.

"네가 자꾸 돌아서 내 머리가 어지러울 지경이구나."

늙은 양은 이제 열네 쌍의 바늘을 가지고 뜨개질을 하고 있었다. 앨리스는 깜짝 놀라서 양을 바라보았다.

'어쩜 한 번에 저렇게 많이 사용할 수 있지?'

앨리스는 너무도 의아한 나머지 속으로 생각했다.

'이제 점점 고슴도치 같아.'

"노를 저을 줄 아니?"

양이 뜨개바늘 한 쌍을 앨리스에게 건네며 물었다.

"네, 조금요. 하지만 땅 위에서는 안 되고, 뜨개바늘로도 어림없어요……."

앨리스가 이렇게 말하는 순간 뜨개바늘이 노로 바뀌었다. 앨리스와 양은 이제 작은 배를 타고 강둑 사이를 떠내려가고 있었다. 앨리스는 최선을 다해 노를 젓는 수밖에 없었다.

"깃털!"*

또 다른 뜨개바늘 한 쌍을 꺼내들며 양이 외쳤다.

---

* 'feather'는 '깃털'과 '노를 수평으로 하다'는 두 가지 뜻이 있는데, 양과 앨리스는 각자 다른 뜻으로 말하고 있다.

딱히 대꾸를 해야 할 말 같지는 않아서 앨리스는 잠자코 노를 저었다. 물살을 가르는데 뭔가 이상하다는 생각이 들었다. 앨리스가 느끼기에 가끔 노가 물속으로 빨려 들어가서는 움직이질 않는다는 것이었다.

"깃털! 깃털!"

양이 뜨개바늘을 더 많이 꺼내 들며 다시금 소리쳤다.

"그러다가 게잡이가 될라!"*

'작은 게라……. 잡으면 좋지.'

앨리스는 생각했다.

"내가 '깃털'이라고 말하는 것 못 들었니?"

양이 뜨개바늘을 한 움큼 꺼내며 소리쳤다.

"들었어요. 여러 번 말씀하셨잖아요. 그것도 엄청 큰소리로요. 그런데 게는 어디 있다는 거죠?"

앨리스가 대꾸했다.

"당연히 물속에 있지."

손에 뜨개바늘이 너무 많아서 더는 들고 있을 수 없게 되자 양은 몇 개를 머리에 꽂으며 말했다.

"왜 자꾸 깃털이라고 하는 거죠? 전 새가 아니라고요!"

앨리스가 마침내 벌컥 화를 내며 말했다.

---

* 'catching a crab'은 '노를 헛저어 배가 뒤집히는 것'을 뜻하는 조정 경기 용어인데, 앨리스는 말 그대로 '게를 잡는다'는 뜻으로 받아들였다.

"넌 새가 맞아. 새끼 거위지."

양이 말했다.

앨리스는 이 말이 조금 거북했던지라 둘 사이에는 잠시 침묵이 흘렀다. 그사이 돛단배는 유유히 물 위를 미끄러져 골풀 사이를 가로질렀다. (이 때문에 노가 자꾸 물속으로 빠르게 빨려 들어가곤 했다.) 나무 아래를 지나치기도 했다. 하지만 머리 위로는 언제나 똑같은 강둑이 높이 솟아 있었다.

"어머, 제발요! 저기에 향기 나는 골풀이 있어요. 정말 아름다워요!"

앨리스가 갑자기 기뻐 날뛰며 소리쳤다.

"저것들 때문에 내게 '제발'이라고 애원할 필요는 없단다. 내가 저 풀을 저곳에 심지도 않았는걸. 게다가 뽑아버릴 생각도 없어."

양은 뜨개질을 하느라 고개도 들지 않은 채 말했다.

"아니오. 제 말은, 잠시 배를 세우고 풀을 좀 꺾어도 되는가 해서요."

"내가 어떻게 배를 멈추지? 네가 노 젓기를 멈추면 배가 멈출 거 아니니."

양이 말했다.

돛단배는 강가를 유유히 떠돌더니 흩날리는 골풀 사이로 부드럽게 미끄러져 내려갔다. 앨리스는 소매를 걷어붙이고는 골풀을 잡으려고 팔을 팔꿈치까지 물속에 담갔다. 배의 한쪽에 몸을 기대어 고개를 숙이다 보니 머리카락 끝이 물에 젖었다. 그러는 동안 앨리스는 양과 뜨개질에 대해서는 까맣게 잊고 말았다. 앨리스는 눈망울을 반짝이며 향기 나는 골풀을 한 움큼씩 뜯어냈다.

'배가 뒤집어지면 안 되는데.'

앨리스는 생각했다.

'정말 사랑스러운 풀이야! 손에 닿으면 정말 좋으련만!'

그런데 마치 약을 올리기라도 하는 것일까? (앨리스는 일부러 그러는 것 같다고 생각했다.) 앨리스가 예쁜 골풀을 한 다발 꺾자 배는 다시 미끄러져 내려갔고 그보다 더 아름다운 골풀이 손이 닿지 않는 곳에 나타나는 게 아닌가.

"가장 아름다운 건 늘 저 멀리에 있어."

앨리스는 먼 곳에서 피어나는 고집스런 골풀을 바라보며 한숨을 내쉬었다. 앨리스의 두 볼은 발그레해졌고 머리카락과 손에서는 물이 뚝뚝 흘러내렸다. 원래 있던 곳으로 돌아온 앨리스는 새로 발견한 보물을 정리하기 시작했다.

그런데 골풀이 시들기 시작하는 게 아닌가. 골풀은 향과 아름다움을 잃어가고 있었다. 앨리스가 골풀을 꺾은 바로 그 순간부터였을까? 현실 세계의 골풀도 아주 잠깐 여운을 남기지만, 이 꿈결 같은 세상에서 만난 골풀은 발치에 닿으면 이내 녹아버리는 눈처럼 사라져버렸다. 하지만 앨리스는 이 사실을 알아차리지 못했다. 그러기에는 앨리스의 시선을 사로잡는 신비한 것들이 주위에 너무도 많았으므로.

(앨리스가 나중에 설명하길) 얼마 못 가서 노 한 자루가 물에 빠지고 말았는데 더는 건져낼 수가 없었다. 결국 노의 손잡이 부분이 앨리스의 턱에 걸려 가엾은 앨리스가 "오, 오, 오" 하며 날카롭게 비명을 질렀지만 자리에서 미끄러져 골풀 더미에 엉덩방아를 찧고 말았다.

하지만 앨리스는 전혀 다치지 않았다. 이내 자리를 털고 일어났다. 그러는 동안 양은 아무 일도 없었다는 듯 뜨개질에 몰두하고 있었다. 앨리스는 돛단배 밖으로 튕겨 나가지 않아서 천만다행이라고 생각했다. 원래의 자리를 찾아서 앉는 앨리스를 보며 양이 입을 열었다.

"아주 멋지게 게를 잡았구나!"

"그래요? 저는 보지 못했는걸요. 게를 놓치지 않았으면 좋았는데. 작은 꽃게 한 마리를 집에 데려가고 싶었거든요."

앨리스는 배 밖으로 몸을 내밀어 어두운 물속을 들여다보며 말했다.

하지만 양은 기가 찬다는 듯 코웃음을 치고는 뜨개질을 계속할 뿐이었다.

"이곳엔 게가 많이 있나요?"

앨리스가 물었다.

"어디 게만 있겠니. 오만 가지가 다 있지. 고를 건 얼마든지 있단다. 네가 마음먹기에 달렸지. 자, 뭘 사고 싶지?"

양이 말했다.

"사다니요?"

앨리스가 신기한 듯, 겁먹은 듯 되물었다. 그러자 갑자기 노, 돛단배, 강이 사라졌고, 앨리스는 다시금 작은 상점 안에 있었다.

앨리스가 기어들어 가는 목소리로 말했다.

"달걀 하나 사고 싶어요. 얼마예요?"

"하나에 5펜스, 두 개엔 2펜스야."

양이 말했다.

"한 개를 살 때보다 두 개를 살 때가 더 싸군요?"

앨리스가 지갑을 꺼내다가 깜짝 놀라서 되물었다.

"하지만 두 개를 사면 반드시 두 개를 다 먹어야 해."

양이 말했다.

"그렇다면 한 개만 살게요."

앨리스가 계산대에 돈을 올려놓으며 말했다. 그러고는 생각했다.

'전부 신선한 알은 아닐 수도 있으니까.'

양이 돈을 받아 상자 안에 집어넣으며 말했다.

"난 물건을 사람들에게 직접 건네주지 않아. 절대로. 그러니 네가 챙겨가렴."

그러고는 가게의 저쪽 끝으로 걸어가더니 달걀 하나를 선반 위에 똑바로 세워놓았다.

'왜 직접 건네주면 안 된다는 거지?'

구석으로 걸어갈수록 주위가 어두워졌던 터라 앨리스는 탁자와 의자를 더듬으며 다가갈 수밖에 없었다.

'내가 다가갈수록 달걀은 더 멀어지는 것 같아. 어디 보자, 이건 의자인가? 어머, 이건 나뭇가지잖아! 의자에서 나무가 자란다니 너무 신기해! 작은 시냇물도 있어. 살면서 이런 가게는 처음이야!'

*   *   *   *

*   *   *

*   *   *   *

앨리스가 한 걸음씩 나아갈 때마다 점점 이상한 일들이 벌어졌다. 다가가는 순간 모든 것이 나무로 변하기 시작했다. 앨리스는 달걀도 그렇게 되지 않을까 문득 궁금해졌다.

제6장
험프티 덤프티

웬걸. 달걀은 점점 더 커지더니 사람처럼 변하기 시작했다. 가까이에서 보니 심지어 눈, 코, 입도 있었다. 코앞에서 보니 다름 아닌 험프티 덤프티였다.[*]

"확실해! 이름이 얼굴에 적힌 것처럼 장담할 수 있다니까!"

앨리스가 혼자 중얼거렸다.

거대한 얼굴에는 이름을 백 번도 더 적을 수 있을 것만 같았다. 험프티 덤프티는 거만한 터키 사람처럼 다리를 꼬고 높은 담장 위에 앉아 있었다. 담장은 폭이 너무 좁아서 앨리스는 그가 저런 곳에서 어떻게 균형을 잡고 앉아 있는 것인

---

[*]　영국에서 옛날부터 전해오는 민간 동요집에 나오는 커다란 달걀 모양의 인물이다.

지 의아할 정도였다. 험프티 덤프티는 반대편을 뚫어지게 바라보고 있던 터라 앨리스가 다가오는 걸 알아차리지 못했다. 앨리스는 그가 봉제인형을 닮았다고 생각했다.

"정말 달걀처럼 생겼네!"

앨리스는 소리 내어 말했다. 그러고는 그가 언제든 아래로 떨어질지도 모른다는 생각에 손을 뻗어 그를 받을 만반의 준비를 했다.

한참 동안 잠자코 있던 험프티 덤프티가 이윽고 입을 열었다. 시선은 앨리스가 아닌 다른 곳을 향해 있었다.

"넌 정말 건방지구나! 감히 나를 달걀이라고 부르다니!"

"저는 그냥 달걀과 닮았다고 말한 거예요."

앨리스가 다정하게 설명했다. 그러고는 자신의 말이 일종의 칭찬이었다는 걸 강조하기 위해 덧붙였다.

"그리고 정말 예쁜 알도 있답니다."

"아기보다도 감각이 떨어지는 인간들도 있지."

험프티 덤프티는 여전히 다른 곳을 바라보며 말했다.

앨리스는 뭐라 대꾸해야 할지 알지 몰랐다. 이건 대화라고 할 수 없었다. 그는 앨리스를 상대로 말하고 있지 않았기 때문이다. 사실 그의 마지막 말은 나무한테 건네는 말이었다. 그래서 앨리스는 가만히 서서 차분히 시를 읊기 시작했다.

험프티 덤프티 담장 위에 앉아 있네.

험프티 덤프티 쿵 하고 떨어졌네.

왕의 말과 병사들이 한데 모인들

험프티 덤프티를 제자리에 올려놓을 수 없었네.

"마지막 시구는 너무 길어."

앨리스는 험프티 덤프티가 듣고 있다는 것도 잊은 채 큰 소리로 말했다.

"거기 서서 혼자 종알대지 말고 네 이름이랑 왜 왔는지나 말해!"

험프티 덤프티가 처음으로 앨리스를 바라보며 말했다.

"제 이름은 앨리스예요. 하지만……."

"멍청한 이름이구나! 무슨 뜻이지?"

험프티 덤프티가 이내 앨리스의 말을 가로막았다.

"이름에 꼭 뜻이 있어야 하나요?"

앨리스가 고개를 갸우뚱하며 물었다.

"당연하고말고. 내 이름은 내 모양을 따서 지은 거야. 그 것도 아주 멋진 모양을 말이야. 네 이름이라면, 넌 거의 아무 모양이나 되어도 괜찮겠구나."

험프티 덤프티가 웃으며 말했다.

말다툼을 하고 싶지 않았던 앨리스가 화제를 돌렸다.

"왜 혼자 앉아 계세요?"

"왜긴! 내 옆에 아무도 없으니까 그렇지. 내가 그런 것에도 답을 못 할 거라 생각한 거야? 다른 질문!"

험프티 덤프티가 말했다.

앨리스가 말을 이어갔다.

"땅으로 내려와 있는 게 좀 더 안전할 것 같지 않나요?"

또 다른 수수께끼를 낼 생각은 없었던 터라 앨리스는 그저 이 기이한 상대가 진심으로 걱정되어 물었다.

"담장이 너무 좁잖아요."

"그렇게 쉬워빠진 수수께끼를 내다니!"

험프티 덤프티가 벌컥 화를 냈다.

"나는 그렇게 생각하지 않아. 왜냐고? 내가 아래로 떨어진다면, 그럴 일도 없겠지만, 만약 그렇게 되면……."

이때 그의 입이 너무도 침울하고 진지해서 앨리스는 웃지 않을 수 없었다.

"만약 내가 아래로 굴러떨어지면 왕이 내게 약속하셨지. 당신께서 직접 말이야. 바로……."

"말과 병사들을 보낸다고요?"

앨리스가 어리석게도 끼어들고 말았다.

"참으로 불쾌하구나!"

험프티 덤프티가 버럭 소리쳤다.

"보아하니 너는 문 뒤에서 엿듣고 있었던 게야. 아니면 나무 뒤나 굴뚝 밑에서. 그렇지 않고서는 네가 알 수가 없지!"

"그런 적 없어요. 정말이에요. 책에 그렇게 적혀 있었어요."

앨리스가 매우 공손하게 말했다.

"흠, 그런 걸 책에 적어놨나 보군……."

험프티 덤프티가 조금 누그러진 말투로 말했다.

"그런 걸 두고 영국의 역사라고 하지. 자, 이제 날 자세히 보렴. 나는 왕과 직접 대화를 나눈 몸이야. 바로 내가 말이지. 이런 경우는 세상에 둘도 없다고! 그럼에도 내가 으스대는 부류는 아니라는 걸 보여주지! 나와 악수하는 걸 허락하겠다."

그러고는 입이 귀 밑까지 찢어질 정도로 크게 함박미소를 지은 뒤, 몸을 숙여 앨리스에게 손을 내밀었다. 앨리스는 걱정스런 눈초리로 그의 손을 잡았다. 그러고는 생각했다.

'더 크게 웃다간 양쪽 입꼬리가 뒤통수에서 마주치겠는걸. 그러면 저분의 머리는 어떻게 될까? 몸에서 떨어지면 큰일인데.'

"맞아. 말과 병사들을 보내주시지! 그리고 나를 곧바로 들어 올려줄 거라고. 분명히! 그런데 우리 대화가 너무 빨리 진행되는 것 같구나. 아까 마지막에 했던 말로 되돌아가볼까?"

험프티 덤프티가 말했다.

"그게 뭐였는지 잘 기억나지 않아요."

앨리스가 공손하게 말했다.

"그렇다면 처음부터 다시 시작하지 뭐."

험프티 덤프티가 말했다.

"이번에는 내가 주제를 정하겠어. (앨리스는 그가 무슨 게임이라도 하는 듯 말한다고 생각했다.) 자, 너에게 물어보겠어. 네가 몇 살이라고 말했지?"

"일곱 살하고 여섯 달이요."

앨리스가 간단히 셈을 하고서는 대답했다.

"틀렸어! 넌 그렇게 말 안 했어!"

험프티 덤프티가 의기양양하게 말했다.

"'너는 몇 살이지?'라고 물어본 줄 알았는걸요."

앨리스가 대꾸했다.

"내가 그럴 생각이었다면 그렇게 물어봤겠지."

험프티 덤프티가 말했다.

앨리스는 이번에도 말다툼을 하고 싶지는 않아서 아무 대꾸도 하지 않았다.

"일곱 살하고 여섯 달이라."

험프티 덤프티가 곰곰이 생각에 잠긴 얼굴로 앨리스가 했던 말을 되풀이했다.

"불편한 나이구나. 네가 나에게 조언을 구했더라면 일곱 살에서 멈추라고 했겠지. 하지만 이제는 너무 늦었어."

"제 나이에 대해 조언 같은 건 필요 없어요!"

앨리스가 쏘아붙였다.

"자신 있나 보지?"

험프티 덤프티가 물었다.

이 말을 듣자 앨리스는 더욱 화가 나 대들며 말했다.

"제 말은, 나이를 먹는 건 어찌할 도리가 없는 거라고요!"

"혼자라면 불가능할지도 모르지. 하지만 둘이라면 가능해. 도움을 받으면 넌 일곱 살에서 멈출 수 있었어."

험프티 덤프티가 말했다.

"벨트가 정말 멋지세요!"

앨리스가 갑자기 화제를 바꿨다. (나이에 관해서는 이미 충분히 이야기를 나누었다고 생각했다. 한 번씩 돌아가면서 대화 주제를 정할 수 있다면 이번에는 앨리스가 선택할 차례였다.)

"아, 넥타이가 멋지세요."

앨리스는 잠시 생각하더니 고쳐 말했다.

"아니, 벨트인가? 그러니까 제 말은……. 죄송해요."

험프티 덤프티의 화난 표정을 보자 앨리스는 당황했다. 대화 주제를 잘못 고른 건 아닌가 후회가 되기 시작했다.

'어디가 목이고, 어디가 허리인지만 알았어도 좋았잖아!'

앨리스는 속으로 생각했다.

험프티 덤프티는 잔뜩 화가 난 표정이었지만 아무 말도 하지 않았다. 이윽고 입을 열었을 땐 마치 으르렁거리는 듯했다.

"이토록 무례할 수가! 어떻게 넥타이와 벨트를 구분하지 못할 수가 있어!"

"제가 잘 몰랐어요."

앨리스가 미안해하자 험프티 덤프티도 누그러졌다.

"꼬마야, 이건 넥타이란다. 보다시피 멋스러운 것이지. 하얀 왕과 여왕께서 선물하신 거란다. 잘 보렴!"

"정말요?"

앨리스는 어쨌든 대화 주제를 잘 골랐다고 생각해서 기뻤다.

"나에게 하사하셨어."

험프티 덤프티는 다리를 꼬고는 양손을 깍지 껴서 무릎을 감싼 채 말을 이어갔다.

"생일이 아닌 날 선물로 주셨지."

"뭐라고요?"

앨리스가 당황한 목소리로 말했다.

"나 화 안 났는데."

"아니, 제 말은 생일이 아닌 날 선물이 뭔가요?"

앨리스가 의아하다는 듯 물었다.

"생일이 아닌 날 받는 선물이지."

앨리스는 잠시 고민에 빠졌다. 그러고는 마침내 입을 열었다.

"저는 생일날 선물이 제일 좋아요."

"넌 도통 생각이 없구나!"

험프티 덤프티가 소리쳤다.

"1년이 총 며칠이지?"

"365일이요."

"그렇다면 생일은 며칠이나 되지?"

"하루요."

"그렇다면 365일에서 하루를 빼면 얼마가 남지?"

"364일이 남죠."

험프티 덤프티가 의심스러운 듯 쳐다보았다.

"종이에 적어보는 게 낫겠다."

앨리스는 피식 웃으며 수첩을 꺼내 숫자를 적어 셈을 하기 시작했다.

$$\begin{array}{r} 365 \\ -1 \\ \hline 364 \end{array}$$

험프티 덤프티는 수첩을 가져가서 한참을 들여다보았다.

"셈은 제대로 한 것 같구나."

"수첩을 거꾸로 들고 있잖아요!"

앨리스가 끼어들었다.

"아, 그렇군!"

앨리스가 수첩을 바르게 잡아주자 험프티 덤프티가 씨익하고 웃었다.

"어쩐지 좀 이상해 보이더구나. 꼼꼼히 볼 시간은 없었지만 그래도 셈은 제대로 된 것 같구나. 어쨌든 생일이 아닌 날 선물을 받을 수 있는 날은 364일인 건 알 수 있지."

"그렇죠."

앨리스가 말했다.

"그럼 생일 선물은 단 하나뿐이란 걸 알았겠구나. 영광스럽게도!"

"그게 왜 영광인 건지 잘 모르겠어요."

험프티 덤프티가 앨리스를 무시하듯 말했다.

"물론 내가 말해줄 때까지 넌 모르겠지. 내가 너를 한 방에 이겼다는 뜻이야."

"하지만 영광은 상대를 한 방에 이겼다는 뜻이 아니잖아요."

앨리스가 항의했다.

"내가 무슨 단어를 사용하면 말이다, 그 단어는 내가 선택한 의미만 띠게 되는 거야. 그 이상도 이하도 아니야."

험프티 덤프티가 화를 내며 말했다.

"제가 묻고 싶은 건, 단어들이 제멋대로 다른 뜻을 지니게 할 수 있냐는 거예요."

앨리스가 대꾸했다.

"문제는 누가 단어를 소유했는지에 따라 다르겠지. 그게 다야."

험프티 덤프티가 말했다.

앨리스는 너무도 당황스러워서 아무런 대꾸도 할 수가 없었다. 얼마 지나 험프티 덤프티가 다시 입을 열었다.

"단어 중엔 성질이 고약한 녀석들이 있어. 특히 동사가 그렇지. 아주 기가 세. 형용사는 네 마음대로 할 수 있어. 하지만 동사는 안 돼. 그럼에도 나는 다룰 수 있지. 그 녀석들 모조리 말이야. 고집불통들! 바로 내가 하고 싶은 말이지!"

"그게 무슨 뜻인지 알려주세요."

앨리스가 물었다.

"네가 이제야 좀 제대로 된 아이처럼 말하는구나."

험프티 덤프티가 만족스러운 표정을 지으며 말했다.

"고집불통이란 말이다, 어떤 주제에 대해 충분히 이야기를 나눴으면 이제 네가 하고 싶은 걸 하라는 게다. 여기에 한평생 머물 작정이 아니라면 말이지."

"한 단어에 그렇게 많은 뜻이 있다니."

앨리스가 곰곰이 생각하다 말했다.

"내가 단어에게 많은 일을 시킬 땐 말이다, 난 항상 웃돈을 건네지."

험프티 덤프티가 말했다.

"오!"

앨리스는 너무 혼란스러워서 뭐라 덧붙일 말이 없었다.

"녀석들이 한몫 챙기러 토요일 밤에 우리 집에 오는 걸 네가 봤어야 하는데."

험프티 덤프티는 머리를 이리저리 흔들며 말했다. (앨리스는 그가 단어들에게 무엇으로 사례하는지는 감히 물어보지 못했다. 그러니 여러분에게도 알려줄 수가 없다!)

"단어 설명을 정말 잘하시는 것 같아요. 그럼「재버워키」라는 시가 무슨 뜻인지 알려주실 수 있나요?"

앨리스가 말했다.

"한번 들어보자꾸나. 난 이 세상에 나온 시라면 전부 설명할 수 있어. 물론 아직 안 쓰여진 시도 할 수 있지."

험프티 덤프티가 말했다.

이 말을 듣자, 앨리스는 희망에 부풀어서 첫 번째 연을 읊었다.

브릴릭 시간, 미끈매끈 토브들이
와베 옆을 갈갈대고 길길대네.
보로고브들은 밈지하기 그지없고
몽쥐 땟세 제 집에서 아웃대네.

"처음은 그걸로 충분해."

험프티 덤프티가 끼어들었다.

"어려운 단어들이 많이 있구나. '브릴릭'은 오후 4시라는 뜻이야. 그러니까 저녁 준비를 하면서 무언가를 끓이기 시작할 시간이라는 뜻이지."

"그런 뜻이군요. 그렇다면 '미끈매끈'은요?"

앨리스가 다시 물었다.

"유연하고 끈적인다는 뜻이야. 유연하다는 건 활동적이라는 뜻도 가지고 있지. 마치 양쪽으로 열리는 가방처럼 말이야. 한 단어에 두 가지 뜻이 들어 있다는 거야."

"그렇군요. '토브'는요?"

"그건 오소리 같기도 하고, 도마뱀 같기도 한 거야. 코르크 마개뽑이처럼 생겼어."

"정말 이상하게 생겼을 것 같아요."

"게다가 그것들은 해시계 아래에 둥지를 튼단다. 치즈를 먹으며 살지."

"그렇다면 '갈갈대다'와 '길길대다'는요?"

"갈갈댄다는 건 자이로스코프처럼 빙글빙글 돈다는 뜻이야. 길길댄다는 건 송곳처럼 구멍을 뚫는 거란다."

"'와베'는 해시계 옆 넓은 잔디밭이겠죠?"

앨리스는 자신의 상상력에 스스로 놀라며 말했다.

"그렇고말고. 그렇게 부르는 이유는 앞뒤로 길게 뻗어 있기 때문이야."

"또 양옆으로도 아주 길겠군요."

앨리스가 덧붙였다.

"그렇지! '밈지'는 가엾고 비참하다는 뜻이야. (이것 역시 양쪽으로 열리는 가방 같은 거라고 생각하면 돼.) 그리고 '보로 고브'는 볼품없는 자그마한 새란다. 깃털이 온통 삐죽삐죽 나와서 마치 살아 있는 빗자루처럼 보이지."

"그렇다면 '몽쥐 땃세'는요? 너무 번거롭게 해드려서 죄 송해요."

"'땃세'는 초록색 돼지란다. '몽쥐'는 나도 잘 모르겠구나. '집에서 나와'를 줄인 말이 아닌가 싶은걸. 길을 잃었다는 뜻인 게지."

"그렇다면 '아욱대네'는요?"

"그건 재채기를 하면서 큰소리로 우는 것과 휘파람을 부 는 것의 중간쯤이라고 생각하면 돼. 저 숲에 내려가면 들을 수 있을 거야. 직접 들으면 확실하게 알 수 있지. 이 어려운 걸 누가 네게 읊어준 거지?"

"책에서 읽었어요."

앨리스가 말했다.

"이것보다 더 쉬운 시도 들었어요. 트위들디였던 것 같아 요."

"시라면 말이지. 나도 읊는 건 그 누구에게도 밀리지 않 아. 그저……."

험프티 덤프티가 커다란 손을 쭉 내빼고는 말했다.

"아, 그러실 필요 없어요!"

앨리스가 다급히 말했다. 제발 그가 시를 읊지 않기를 간절히 바라는 마음에서였다.

"이제 내가 읊을 시는 말이다, 전부 너를 즐겁게 해주기 위해서란다."

그는 아랑곳하지 않고 계속 말을 이어갔다.

앨리스는 시를 듣지 않으면 안 될 것 같다고 생각해 자리에 앉으며 울적한 목소리로 말했다.

"고맙습니다."

한겨울 들판이 새하얗게 변하면
나는 그대의 기쁨을 위해 이 노래를 부르네.

"그런데 노래를 부르지는 않을게."

그가 설명하듯 덧붙였다.

"알아요."

앨리스가 말했다.

"내가 노래를 부르는지 안 부르는지 네가 안다니, 네 눈썰미는 보통이 아닌 거야!"*

험프티 덤프티가 진지하게 말했다.

앨리스는 아무런 말도 하지 않았다.

---

* 'I see.'는 '나는 본다'와 '나는 안다'의 두 가지 뜻이 있는데, 험프티 덤프티는 앨리스의 말을 '본다'로 받아들였다.

봄에 숲이 푸르러지면
내 말이 무슨 뜻이었는지 알려주겠네.

"정말 감사합니다."
앨리스가 말했다.

여름에 날이 길어지면
그대는 아마도 이 노래를 이해하게 되겠지.

가을에 낙엽이 어둡게 물들면
펜과 잉크를 가져다가 받아 적어요.

"그때까지 기억에 남는다면 그렇게 해볼게요."
앨리스가 말했다.
"그렇게 매번 대꾸할 필요는 없어. 그건 감각적이지 않아.
게다가 내가 흐름이 끊긴다고."
험프티 덤프티가 말했다.

나는 물고기에게 편지를 보냈지.
"이것이 내가 원하는 것이야"라고 말했어.

바닷속 작은 물고기들

나에게 답장을 보내주었지.

작은 물고기들이 답하길
"우리는 할 수 없어요. 이유인즉……."

"죄송하지만 무슨 말인지 못 알아듣겠어요."
앨리스가 말했다.
"좀 더 들어보면 감이 올 거야."
험프티 덤프티가 대꾸했다.

나는 그들에게 다시 편지를 보냈지.
"고분고분 따르는 게 좋을 거야."

물고기들은 씩 웃으며 대답했지.
"이런. 성질머리하고는!"

한 번, 두 번 말했지만
저들은 내 충고에 귀 기울이지 않았지.

나는 큼직한 새 주전자를 가지고 왔다네.
내가 해야 할 일에 딱 맞는 크기였지.

내 심장은 콩콩, 쾅쾅 뛰었지.
펌프질을 해서 주전자를 가득 채웠어.

그런데 곧 누군가 내게 와서 말했지.
"작은 물고기들이 자고 있어요."

그래서 간단하게 대꾸했지.
"그러면 가서 다시 깨우지 그러나."

나는 크고 또렷한 목소리로 말했다네.
그의 귓전에다 대고선 외쳤어.

험프티 덤프티는 이 부분을 읊는 동안 거의 꽥꽥 소리치
는 듯했다. 앨리스는 몸을 떨면서 생각했다.
'나는 무얼 내준대도 편지 심부름은 하지 않을 거야.'

하지만 그는 굽힐 줄 몰랐고 거만했어.
그러고는 말했지. "그렇게 소리 지를 필요는 없잖아요."

그는 너무도 거만하고 굽힐 줄 몰랐어.
그는 말했지. "내가 가서 깨울게요. 만약……."

나는 선반에서 코르크 마개뽑이를 꺼내서
직접 물고기들을 깨우러 갔지.

그런데 문이 잠겨 있지 뭔가.
나는 문고리를 당기고 밀고 두드려댔지.

문이 닫혀 있는 걸 보고는
손잡이를 돌리려 했는데 그만……

그러고는 긴 침묵이 이어졌다.

"그게 끝인가요?"

앨리스가 기어들어 가는 목소리로 물었다.

"끝이란다. 그럼 이만!"

험프티 덤프티가 말했다.

앨리스는 너무 갑작스럽다고 생각했다. 하지만 이제는
그만 떠나라는 신호가 확실했으므로 더 머무르는 건 예의
가 아니라고 생각했다. 그래서 앨리스는 자리를 털고 일어
나 손을 내밀었다.

"안녕히 계세요! 다시 만나요!"

앨리스는 최대한 밝은 목소리로 말했다.

"다시 만난다고 해도 내가 널 알아볼 것 같지는 않구나."

험프티 덤프티가 뾰로통한 목소리로 대꾸했다. 그러고는

손가락 하나를 건네어 앨리스의 악수를 받아주었다.

"넌 정말 다른 사람들과 똑같이 생겼으니까."

"보통 얼굴을 보면 알아볼 수 있잖아요."

앨리스가 곰곰이 생각하더니 말했다.

"나는 그게 불만이라는 거야."

험프티 덤프티가 대꾸했다.

"네 얼굴은 다른 사람들이랑 똑같거든. 두 눈과 한가운데 솟은 코. 그 아래 입술. 늘 똑같다고. 자, 만약 네 두 눈이 코 양옆에 나란히 놓였다고 생각해봐. 입술은 꼭대기에 있고. 그러면 좀 도움이 될 수도 있지."(그는 검지로 허공에 얼굴을 그려대며 말했다.)

"그건 좋아 보이지 않아요."

앨리스가 쏘아붙였다.

하지만 험프티 덤프티는 그저 눈을 지그시 감고서는 이렇게 대꾸했다.

"일단 한 번 시도라도 해보렴."

앨리스는 그가 다시 입을 열 때까지 잠시 기다릴 참이었으나 한 번 감긴 그의 눈은 두 번 다시 열릴 기미가 보이지 않았고, 앨리스에 대해서도 신경 쓰지 않는 눈치였다.

"안녕히 계세요."

앨리스는 다시 인사를 건넸지만 아무런 반응도 얻지 못하자 조용히 길을 떠났다. 그러나 앨리스는 걸어가면서 참지 못하고 중얼거렸다.

"마음에 안 드는 사람들 중에서 말이야……."

(앨리스는 일부러 "마음에 안 든다"는 말을 크게 외쳤다. 이렇게 철자가 긴 단어를 말하니 마음이 좀 누그러지는 것 같았기 때문이었다.)

"마음에 안 드는 사람들 중에서, 내가 여태까지 만나본 사람들 중에서 말이야……."

그런데 앨리스는 시작한 말을 끝맺을 수가 없었다. 바로 그 순간 엄청난 소용돌이가 휘몰아쳐서는 숲을 죄다 뒤흔들어버렸기 때문이었다.

제7장
사자와 유니콘

이내 병사들이 숲속에서 몰려나왔다. 처음에는 둘씩, 그다음에는 셋, 열 명, 스무 명이 밀려들더니 마침내 벌 떼처럼 몰려와 숲을 가득 메웠다. 앨리스는 병사들에게 떠밀려 넘어질까봐 나무 뒤에 숨어 그들이 지나가는 것을 지켜보았다.

앨리스는 그토록 어정쩡하게 서 있는 병사들은 처음 본다고 생각했다. 그들은 끊임없이 무언가 혹은 누군가에게 걸려 넘어졌다. 그러다 보니 한 명이 넘어지면 그 위로 몇 사람이 걸려 넘어져서 바닥은 이내 쓰러진 병사로 뒤덮였다.

그리고 말이 도착했다. 네 발 달린 짐승이 두 발 달린 병사들보다는 나았다. 그럼에도 말들 역시 여기저기 비틀거렸다. 그럴 때마다 마치 규칙이라도 되는 냥 기수도 바닥으로 굴러떨어졌다. 갈수록 난장판이 되어갔다. 앨리스는 숲에서 빠져나와 확 트인 공간으로 나오자 살 것 같았다. 그곳에서 앨리스는 하얀 왕이 바닥에 앉아 수첩에 무언가를 열심히 끄적대고 있는 모습을 발견했다.

"다 보냈어! 얘야 숲에서 나오면서 혹시 내 병사들을 보았느냐?"

왕이 앨리스를 보자 기쁘게 소리쳤다.

"네, 보았습니다. 수천 명은 되어 보이던걸요."

"4,207명. 이게 정확한 숫자란다."

왕이 자신의 수첩을 들여다보면서 말했다.

"말을 전부 보낼 수는 없었지. 그중 두 마리는 게임을 하는 데 필요하거든. 심부름꾼 두 명도 보낼 수 없었지. 마을로 갔으니까. 길을 따라 살펴보고, 혹시 둘 중 하나라도 보이면 내게 알리도록 하거라."

"아무도 안 보여요."

앨리스가 말했다.

"나에게도 그런 눈이 있으면 좋겠구나."

왕이 약간 화를 내며 말했다.

"'아무도 안'을 볼 수 있는 눈 말이다! 심지어 이렇게 밝은데 말이지. 나는 실제 사람들만 겨우 보일 뿐이거든."*

* 'I see nobody.'는 '아무도 보이지 않는다'는 뜻이지만, 왕은 문법을 무시하고 읽어 '나는 아무도를 본다'로 받아들였다.

앨리스는 길에 누가 있는지 쳐다보느라 정신이 팔려 있던 터라 왕의 말이 귀에 들리지 않았다. 앨리스는 한 손으로 눈 위에 그늘을 만들고는 길에 누가 있는지 열심히 살폈다.

"이제 누군가가 보여요!"

앨리스가 마침내 소리쳤다.

"하지만 너무 천천히 오고 있어요. 하는 짓도 괴상해요!" (심부름꾼은 큼직한 손을 부채마냥 활짝 펼친 채 폴짝폴짝 뛰면서, 또 뱀장어처럼 꿈틀거리며 오고 있었다.)

"전혀 그렇지 않아."

왕이 말했다.

"그 심부름꾼은 앵글로색슨족이야. 그 부족 사람들은 다 그렇게 행동하지. 그는 기분이 좋을 때만 그런 행동을 한다고. 그의 이름은 헤이어야."(왕은 마치 메이어를 발음하듯 이 단어를 말했다.)

"나는 H로 시작하는 내 사랑이 좋다네."

앨리스가 갑자기 흥얼대기 시작했다.

"왜냐하면 그는 행복(happy)하니까. 하지만 나는 H로 시작하는 내 사랑이 싫어요(hate). 그는 흉물(hideous)이거든. 나는 그에게 햄샌드위치(ham-sandwiches)와 건초(hay)를 먹이지. 그의 이름은 헤이어라네. 그가 사는 곳은······."

"그는 언덕(hill)에 살지."

자신이 게임에 합류했다는 것을 깨닫지도 못한 채 왕이 툭 내뱉었다. 그러는 동안 앨리스는 H로 시작하는 마을의 이름을 열심히 생각하고 있었다.

"또 다른 심부름꾼의 이름은 하타란다. 나는 두 명이 필요하지. 오고 가려면 말이야. 한 사람은 가고, 한 사람은 와야 하지."*

"송구스럽지만, 다시 한번 말씀해주시겠어요?"

앨리스가 말했다.

"송구스럽다니! 그건 가당치 않아."

왕이 말했다.

"저는 그저 잘 알아듣지 못해서 그런 거예요. 왜 한 사람은 가고, 한 사람은 와야 하죠?"

앨리스가 말했다.

"내가 말하지 않았니? 난 두 명이 필요하다고. 한 명은 가지러 가고, 한 명은 가지고 와야 하잖니."**

왕이 조바심을 내며 말했다.

이때 심부름꾼이 도착했다. 그는 너무 헐떡이던 터라 아무 말도 하지 못했다. 겨우 손만 흔들어가며 가엾은 왕에게

---

* 심부름꾼인 '헤이어'와 '하타'는 『이상한 나라의 앨리스』에 나오는 '삼월 토끼'와 '모자 장수'이다.

** '심부름하다'는 뜻의 'fetch and carry'를 그대로 '가져오고 가져가다'로 풀이한 말장난 이다.

겁먹은 표정을 지어보일 뿐이었다.

"이 애는 네가 H로 시작하는 이름을 가져서 좋다는구나."

왕이 말했다.

왕은 심부름꾼의 눈길을 다른 곳으로 돌리려고 앨리스를 소개했다. 하지만 소용없었다. 그리고 이 앵글로색슨족 심부름꾼의 태도는 갈수록 이상해졌다. 큼직한 눈동자를 이리저리 굴려대고 있었다.

"나를 놀라게 하는구나! 어지럽구나. 내게 햄샌드위치를 다오."

왕이 말했다.

이 말에 심부름꾼은 목에 두르고 있던 자루를 열어서 왕에게 샌드위치를 건넸다. 왕은 샌드위치를 게걸스럽게 먹어치웠다.

"샌드위치 하나 더!"

왕이 다시 말했다.

"이제는 건초밖에 없습니다."

심부름꾼이 자루를 들여다보며 말했다.

그러자 왕은 초조한 듯 낮게 중얼거렸다.

"그렇다면 건초를 내놔."

앨리스는 왕이 건초를 먹고 기력을 회복한 것 같아서 다행이라고 생각했다.

"정신이 아찔할 땐 건초만 한 게 없지."

왕이 건초를 우적대며 말했다.

"제 생각에는 찬물을 끼얹는 게 더 도움이 될 것 같아요. 아니면 탄산암모늄도 좋고요."

앨리스가 제안했다.

"나는 더 좋은 게 없다고는 말한 적 없구나. 건초만 한 게 없다고 했지."

왕이 대꾸했다.

앨리스는 뭐라고 할 말이 없었다.

왕이 건초를 더 내놓으라고 심부름꾼에게 손을 내밀며 말을 이어갔다.

"길에서 누구를 만났나?"

"아무도 안 만났습니다."

심부름꾼이 말했다.

"그렇겠구나. 이 아이도 그를 보았지. 물론 '아무도 안'은 자네보다 걸음이 더딜 게야."

왕이 말했다.

"저는 최선을 다했습니다. 아무도 저보다 빨리 걸을 수는 없습니다!"

심부름꾼이 불쾌하다는 듯이 말했다.

"그럴 테지. 그렇지 않다면 그가 이곳에 먼저 도착했을 테니까. 너는 이제 숨을 돌렸으니 마을에서 무슨 일이 있었는지 고하도록 하라."

왕이 말했다.

"귓속말로 말씀드리겠습니다."

심부름꾼이 두 손을 입에 대고 나팔 모양으로 오므린 다음 왕의 귓전에 최대한 가까이 대고 말했다.

앨리스는 속상했다. 저도 소식을 듣고 싶었기 때문이었다. 하지만 심부름꾼은 속삭이는 대신 목청껏 외쳤다.

"그들이 다시 시작했습니다!"

"이것을 귓속말이라고 하는 게냐? 또다시 이러기만 해봐라! 네 녀석을 아주 버터로 발라버릴 테니! 머릿속에 지진이 난 것처럼 울리는구나!"

가엾은 왕이 펄쩍 뛰더니 몸서리치며 외쳤다.

'아주 미세한 지진이었나 보군.'

앨리스는 속으로 생각했다. 그러고는 용기를 내어 물었다.

"누가 다시 시작한다는 건가요?"

"물론 사자와 유니콘이지!"

왕이 말했다.

"왕좌를 노리는 결투인가요?"

"그렇고말고. 그리고 재미있는 것은, 노리는 게 나의 왕관이라는 거야. 가서 지켜보자꾸나."

그리고 그들은 서둘러 나섰다. 달려가는 동안 앨리스는 옛날 노래 한 소절을 흥얼거렸다.

사자와 유니콘이 왕좌를 두고 싸우네.

사자는 마을 이곳저곳을 다니며 유니콘을 때렸네.

누군가는 흰 빵을 주고, 누군가는 갈색 빵을 주었지.

누군가는 건포도 케이크를 주고는 북을 쳐서 마을 밖으로 내몰았다네.

"이…… 이기는 쪽이…… 왕…… 관을 갖는 건가요?"

숨이 차올랐던 앨리스는 헐떡거리며 물었다.

"무슨! 아니야! 어떻게 그런 생각을!"

왕이 말했다.

"아량을 베풀어주시어…… 1분만 멈춰서…… 숨 좀 돌리고…… 갈…… 수 없을까요?"

앨리스가 조금 더 뛰다가 숨을 헐떡이며 말했다.

"나는 충분히 아량이 넘치지. 그저 힘이 세지는 않단다. 보다시피 1분은 정말 빠르게 지나가지. 밴더스내치*를 멈추는 게 더 나을지도 몰라."

왕이 말했다.

앨리스는 이제는 너무 숨이 차서 대꾸할 수가 없었기에 말없이 뛰기만 했다. 그렇게 그들은 많은 군중이 모여 있는 곳에 이르렀다. 한가운데에는 사자와 유니콘이 싸우고 있었

---

* 이 동화를 쓴 루이스 캐럴이 만든 상상의 동물이다.

다. 먼지가 어찌나 날리던지 처음에는 누가 누군지조차 가늠할 수 없었다. 그러나 이내 뿔을 보고 유니콘을 알아볼 수 있었다.

그들은 싸움을 지켜보다가 또 다른 심부름꾼인 하타 옆으로 다가갔다. 그는 한 손에는 찻잔을, 다른 손에는 버터 바른 빵 한 조각을 들고 있었다.

헤이어가 앨리스에게 속삭였다.

"저 녀석은 방금 감옥에서 나왔어. 그런데 감옥에서 나올 때 차를 미처 다 못 마셨지. 감옥에서는 굴 껍데기만 주거든. 그래서 보다시피 저 녀석은 굶주리고 목이 마른 거야. 잘 지냈나, 친구?"

헤이어는 다정하게 자신의 팔을 하타의 목에 둘렀다. 하타가 헤이어를 돌아보며 고개를 끄덕였다. 그러고는 쥐고 있던 버터 바른 빵을 먹어댔다.

"친구, 감옥에서는 즐거웠나?"

헤이어가 물었다.

하타가 다시 돌아보았고, 이번에는 볼을 타고 눈물 한두 방울이 뚝 떨어졌다. 그러나 아무 말도 하지 않았다.

"말을 하라고! 왜 안 하는 거야!"

헤이어가 조바심을 내며 소리쳤다. 하지만 하타는 먹던 것을 우적대고 차만 더 들이킬 뿐이었다.

"당장 말을 하지 못할까! 싸움은 어떻게 되고 있는 거지?"

왕이 소리쳤다.

하타는 죽을힘을 쓰며 버터 바른 빵을 한 입 크게 삼켰다. 그러고는 목이 멘 듯 대답했다.

"아주 잘하고 있습니다. 둘 다 여든일곱 번 넘어졌습니다."

"그렇다면 곧 흰 빵과 갈색 빵을 가져오겠군요!"

앨리스가 용기를 내어 한마디했다.

"벌써 준비되었다네. 내가 이미 조금 맛보고 있기도 하고."

하타가 말했다.

때마침 싸움도 잠시 멈췄다. 사자와 유니콘은 주저앉아 숨을 헐떡였다. 그러자 하얀 왕이 외쳤다.

"쉬는 시간은 10분이다!"

헤이어와 하타가 이내 흰 빵과 갈색 빵을 든 쟁반을 들고 돌아다녔다. 앨리스도 한 조각 집어 들고 맛을 보았는데 너무나도 퍽퍽했다.

"저들이 오늘은 더 이상 겨룰 것 같지 않군. 가서 북을 치라 이르라!"

왕이 하타에게 말했다.

그러자 하타가 메뚜기처럼 폴짝 뛰어갔다.

앨리스는 한동안 말없이 그를 바라보더니 이내 표정이 밝아졌다. 그러고는 잔뜩 설레는 듯 어딘가를 가리키며 외쳤다.

"보세요! 하얀 여왕이 들판을 가로질러 달려오고 계세요. 저쪽 너머 숲을 뚫고 날아오는 것 같아요. 정말 빨라요!"

"분명 적에게 쫓기고 있는 게야."

왕은 뒤도 돌아보지 않은 채 말했다.

"저 숲에는 그런 작자들로 넘치지."

"그렇다면 왜 달려가서 여왕을 돕지 않나요?"

앨리스가 물었다. 왕이 너무도 점잖게 상황을 받아들이자 적잖이 놀란 터였다.

"의미 없어. 의미 없어!"

왕이 말했다.

"여왕은 무시무시하게 빠르거든. 밴더스내치를 잡는 게 더 나을 거야. 하지만 네가 원한다면 여왕에 대해 기록해두도록 하지. 여왕은 소중한 존재니까."

하얀 왕은 수첩을 꺼내들며 수줍게 중얼거렸다.

"그런데 '존재'에 지읒이 몇 개가 들어가지?"

바로 그때 유니콘이 두 손을 호주머니에 쑤셔 넣은 채 어슬렁대며 다가왔다. 그러고는 왕을 힐끗 쳐다보며 말했다.

"이번에 꽤 잘하지 않았습니까?"

"조금…… 조금은…… 그래도 뿔로 사자를 찌르지는 말았어야지."

왕이 다소 불안한 듯 대답했다.

"어쨌든 다치게 하지는 않았잖아요."

유니콘이 개의치 않는다는 듯 말했다. 그러다가 우연히 앨리스와 눈이 마주쳤다. 유니콘은 한동안 혐오스럽다는 듯 앨리스를 훑어보았다. 그러고는 말했다.

"이건…… 뭐죠?"

"어린아이입니다. 오늘에서야 발견했지요. 실물 크기인데 두 배는 더 자연스러워요!"

헤이어가 앞으로 나와 앵글로색슨식으로 두 손을 앨리스 쪽을 향해 펼치며 잔뜩 흥분해서 말했다.

"동화 속에서나 나오는 괴물이라고만 생각했지. 살아 있는 건가?"

유니콘이 말했다.

"말도 합니다."

헤이어가 엄숙하게 말했다.

유니콘이 꿈꾸는 듯 앨리스를 바라보며 말했다.

"꼬마야, 말해보렴."

앨리스는 미소가 절로 지어졌다.

"그거 알아요? 저도 유니콘은 동화 속에서나 나오는 괴물인 줄 알았어요! 이렇게 살아 있는 건 한 번도 본 적이 없는걸요!"

"이제 우리가 서로 봤으니, 네가 나를 믿는다면 나도 너를 믿어보도록 하지. 됐니?"

유니콘이 말했다.

"좋을 대로 하세요!"

앨리스가 말했다.

"이봐요, 늙은 양반! 건포도 케이크 좀 꺼내와요!"

유니콘이 왕을 바라보며 말했다.

"어르신이 갖고 계신 갈색 빵은 안 됩니다!"

"자루를 열어라."

하얀 왕이 투덜대며 헤이어에게 손짓을 보냈다. 그러고는 속삭였다.

"빨리! 그것 말고! 그건 건초만 한가득이잖아!"

헤이어가 자루에서 커다란 케이크를 꺼낸 뒤 앨리스에게 들고 있게 했다. 그러는 동안 그는 접시와 칼을 꺼냈다. 이모든 게 어떻게 다 나왔는지 앨리스는 알 길이 없었다. 마법을 부리는 것만 같았다.

그러는 동안 사자도 이내 함께했다. 그는 매우 지치고 졸린 듯했다. 눈은 절반쯤 감긴 채였다.

"이건 뭐지?"

사자가 앨리스를 보고 졸린 눈을 껌벅거리며 말했다. 커다란 종이 울리는 듯 공허한 목소리였다.

"이게 뭘까? 자네는 생각도 못 해봤을 거야. 나도 그랬거든."

유니콘이 신이 나서 외쳤다.

사자가 지친 기색으로 앨리스를 바라보았다.

"넌 짐승이냐, 풀이냐, 광물이냐?"

사자는 한 단어씩 내뱉을 때마다 하품을 해댔다.

"이건 동화에 나오는 괴물이야!"

유니콘은 앨리스가 대답하기 전에 외쳤다.

사자가 엎드려 턱을 앞발에 괸 채로 말했다.

"괴물아, 그럼 건포도 케이크 좀 건네줘." (그러더니 하얀 왕과 유니콘에게 말했다.)

"둘 다 이리와 앉아. 케이크를 공평하게 나눠야 하니까!"

보아 하니 왕은 덩치 큰 두 짐승 사이에 끼여서 앉으려니 매우 불편해 보였다. 하지만 그가 앉을 만한 다른 자리는 없었다.

"왕관을 위해서 우리가 얼마나 멋지게 싸웠는지!"

유니콘이 교활한 눈빛으로 왕관을 바라보며 말했다. 이 말을 듣자 가엾은 하얀 왕은 너무 떨어서 목이 떨어져 나갈 것 같았다.

"나한테는 식은 죽 먹기야."

사자가 말했다.

"과연 그럴까?"

유니콘이 말했다.

"내가 동네방네 다니며 널 두들겨 팼잖아! 이 겁쟁이야!"

사자가 발끈하며 말했다. 엎드린 몸도 절반쯤 일으킨 채였다.

이때 왕이 끼어들어 싸움을 말렸다. 왕은 너무도 긴장해서 떨리는 목소리로 말했다.

"동네방네? 그렇다면 한참을 다녔겠군. 낡은 다리도 건넜나? 장터도 갔고? 낡은 다리에서는 풍경이 끝내주지!"

"잘 모르겠는걸. 먼지가 어찌나 많이 날리던지. 저 괴물은 케이크를 도대체 몇 시간이나 자르는 거야?"

사자가 다시 엎드리며 으르렁거렸다.

앨리스는 개울의 둑에 앉아 무릎 위에 커다란 접시를 올려놓은 채 부지런히 케이크를 잘랐다.

"정말 힘들어요! 이미 여러 조각을 내보았는데, 자꾸만 다시 합쳐진단 말이에요!"

앨리스가 사자에게 말했다. (이제는 괴물이라고 불리는 것에도 익숙해진 모양이었다.)

"너는 거울 나라의 케이크를 다룰 줄 모르는구나."

유니콘이 말했다.

"먼저 나눠 주고 그다음에 잘라야지!"

말도 안 되는 소리처럼 들렸지만 앨리스는 고분고분 시키는 대로 했다. 그래서 접시를 나눠 주었다. 그러자 케이크는 알아서 삼등분이 되었다.

"자, 이제 잘라보렴."

앨리스가 빈 접시를 들고 제자리로 돌아가자 사자가 말했다.

"이건 공평하지 않아!"

유니콘이 소리쳤다.

"저 괴물이 사자한테는 나보다 두 배 더 많이 줬다고!"

앨리스는 칼을 손에 쥐고는 어찌할 바를 몰라서 어리둥절해하고만 있었다.

"하지만 저 꼬마에게는 자신의 몫이 없어. 괴물아, 건포도 케이크를 좋아하니?"

사자가 말했다.

하지만 앨리스가 대꾸도 하기 전에 북이 울렸다.

북소리가 어디에서부터 오는 것인지는 알아차릴 수 없었다. 여기저기서 울리는 것 같았다. 하도 울려대서 귀머거리가 될 것만 같았다. 앨리스는 두려움에 자리에서 벌떡 일어나 작은 시냇물을 폴짝 뛰어넘었다.

*   *   *   *

  *   *   *

*   *   *   *

바로 그때 사자와 유니콘도 자리에서 일어나는 게 보였다. 만찬을 방해받아 화가 잔뜩 난 눈치였다. 앨리스는 바닥에 무릎을 꿇고 앉아 끔찍한 소음으로부터 귀를 틀어막아 보려 했지만 소용이 없었다.

'북소리가 사자와 유니콘을 마을에서 쫓아내지 못한다면, 그 어떤 걸로도 안 될 거야.'

앨리스는 생각했다.

제8장
그건 내 발명품이야!

시끄러운 소리가 점차 가라앉는 듯하더니 이내 쥐죽은 듯 조용해졌다. 앨리스는 깜짝 놀라서 고개를 들었다. 주위에 아무도 없었다. 처음에는 사자와 유니콘은 분명 꿈이었을 거란 생각이 들었다. 그런데 건포도 케이크를 잘라 담으려 했던 커다란 접시는 그대로 있는 것이 아닌가.

"꿈이 아니었나봐."

앨리스는 중얼거렸다.

"우리 모두가 다 같은 꿈속에 있었던 게 아니라면 말이지. 그럼 그게 내 꿈이었으면 좋겠다. 붉은 왕의 꿈이 아니라. 나는 다른 누군가의 꿈에 나오고 싶진 않거든."

그러고는 투덜대는 말투로 말했다.

"가서 왕을 깨운 다음에 무슨 일인지 알아봐야겠어."

바로 이때 "어이, 어이, 체크!"라고 외치며 붉은 갑옷을 걸친 기사가 다가오자 앨리스는 멈칫했다. 기사는 긴 곤봉을 휘두르며 그녀를 향해 전속력으로 달려오고 있었다. 기사의 말은 앨리스 앞에 이르자 갑자기 멈춰 섰다.

"넌 내 포로다!"

기사가 이렇게 외치면서 말에서 굴러떨어졌다.

앨리스는 자신도 겁을 먹었지만 기사의 모습에 더 기겁을 해서 그가 다시 말에 올라타는 모습을 걱정스레 지켜보았다. 기사는 안장에 제대로 올라타자 다시 힘껏 소리쳤다.

"넌 내……."

하지만 또 다른 목소리가 끼어들었다.

"어이, 어이, 체크!"

또 다른 적수가 나타나자 앨리스는 놀라서 두리번거렸다.

이번에는 하얀 기사였다. 그는 앨리스 옆으로 다가오더니 붉은 기사가 조금 전에 그랬던 것처럼 말에서 굴러떨어진 뒤 다시 일어났다. 두 기사는 한동안 서로 말없이 바라보며 우두커니 서 있었다. 앨리스는 당황해서 양쪽을 번갈아 쳐다보았다.

"저 아이는 내 포로야!"

붉은 기사가 마침내 입을 열었다.

"알아. 하지만 그후에 내가 와서 아이를 구했지!"

하얀 기사가 대꾸했다.

"그럼 저 아이를 놓고 한 판 겨뤄야겠군."

붉은 기사가 투구를 쓰며 말했다. (투구는 안장에 걸려 있었는데 말 머리 모양이었다.)

"결투의 규칙은 지키겠지?"

하얀 기사 역시 투구를 쓰며 말했다.

"늘 그렇고말고."

붉은 기사가 말했다.

그러고는 서로를 향해 불꽃 튀는 승부를 겨뤘다. 앨리스는 싸움을 피해 나무 뒤에 몸을 숨겼다.

"그런데 결투의 규칙이 뭔지 궁금하네."

나무 뒤에서 결투를 지켜보던 앨리스가 중얼거렸다.

"규칙 하나는 이런 것일 테지. 한 기사가 다른 기사를 쳐서 그를 말에서 떨어뜨린다. 하지만 실패하면 자신이 말에서 떨어진다. 또 다른 규칙은 아마도 손에 곤봉을 쥐는 것이겠지. '펀치와 주디'*처럼 말이야. 그러다가 둘 다 말에서 굴러떨어지면 얼마나 시끄러울까. 부지깽이들이 와장창 쏟아지는 느낌일 테지. 말들은 어쩌면 저렇게 조용할까! 기사들이 무슨 탁자에 오르내리는 것 같잖아."

앨리스가 알아차리지 못한 또 다른 결투의 규칙은, 결국에는 항상 머리로 떨어진다는 것이었다. 결투는 두 사람이

---

* 영국의 오래된 인형극의 주인공 이름이다.

모두 이와 같은 방식으로 나란히 머리부터 떨어지면서 끝이 났다. 그런 다음 두 사람은 다시 일어나 악수를 하고, 붉은 기사는 말에 올라타고 떠났다.

"영광스러운 승리였네. 그렇지 않은가?"

하얀 기사가 숨을 헐떡이며 말했다.

"잘 모르겠어요."

앨리스가 고개를 갸우뚱하며 말했다.

"저는 그 누구의 포로도 되고 싶지 않아요. 저는 여왕이 되고 싶어요."

"그렇게 될 거야. 다음 시냇물을 건너면 말이지."

하얀 기사가 말했다.

"숲 끝까지 네가 안전하게 가는 걸 지켜보마. 그후에는 너도 알다시피 나는 돌아가야 한단다. 그게 내가 갈 수 있는 끝이거든."

"정말 감사합니다."

앨리스가 감사의 인사를 했다.

"투구 벗는 걸 도와드릴까요?"

딱 봐도 혼자 벗기는 힘겨워 보였다. 앨리스가 투구를 흔들어서 간신히 벗겨냈다.

기사는 두 손으로 헝클어진 머리를 빗어 넘긴 다음 다정한 표정과 맑은 눈망울로 앨리스를 바라보며 말했다.

"이제는 숨을 좀 쉴 수 있을 것 같구나."

앨리스는 이토록 이상하게 생긴 병사는 처음 본다고 생각했다.

그는 몸에 꽉 끼는 양철 갑옷을 입고 있었다. 그리고 어깨에는 이상하게 생긴 작은 상자를 매달고 있었는데, 상자의 뚜껑은 열려 있었다. 앨리스는 호기심에 상자를 들여다보았다.

"내 작은 상자가 신기한 모양이구나."

기사가 다정한 목소리로 말했다.

"내가 발명한 거란다. 이곳에 옷가지랑 샌드위치를 넣지. 보다시피 난 뒤집어서 가지고 다닌단다. 그러면 빗물에 젖질 않지."

"그러면 물건들이 다 빠져나오잖아요. 뚜껑이 열린 건 알고 계세요?"

앨리스가 친절하게 대답했다.

"몰랐는걸."

기사가 말했다. 순간 화난 표정이 스쳤다.

"그렇다면 넣어둔 물건이 대부분 이미 빠져버렸겠군. 물건 없는 상자는 쓸모가 없다고!"

그렇게 말하면서 기사는 상자를 어깨에서 푼 다음 수풀 속으로 던지려고 했다. 바로 그때 무슨 생각이 떠올랐는지 그는 상자를 한 나무에 조심스럽게 걸었다. 그러고는 앨리스에게 말했다.

"내가 왜 이러는지 아니?"

앨리스가 고개를 가로저었다.

"벌이 이 안에 벌집을 만들지도 모르니까. 그러면 난 꿀을 얻을 수 있지."

"하지만 이미 벌통 비슷한 걸 안장에 매달고 계시는걸요."

앨리스가 말했다.

"그렇지. 이건 매우 좋은 벌통이야. 최고라고 할 수 있지."

이내 기사가 불만스럽다는 듯 말했다.

"하지만 벌 한 마리 얼씬한 적이 없어. 그리고 이 상자는 쥐덫이야. 혹시 쥐가 벌을 내쫓는 건 아닌가 싶어. 아니면 벌들이 쥐를 내몰던가. 어느 쪽인지는 나도 모르겠구나."

"쥐덫이 왜 필요하죠? 말등에 쥐가 있을 것 같진 않은데."

앨리스가 말했다.

"그렇긴 하지. 하지만 혹시라도 쥐가 올라온다면 이리저리 날뛰게 할 수는 없잖니."

기사가 말했다. 그러고는 잠시 조용하다가 이내 말을 이어갔다.

"자, 봐봐. 모든 상황에 철저히 대비하는 게 좋아. 말의 발목에 고리를 채운 것도 다 그런 이유에서란다."

"무엇 때문에 고리를 채운 건가요?"

앨리스가 호기심 가득한 말투로 물었다.

"상어에게 물릴지도 모르니까 대비를 하는 거지. 내가 발명한 거란다. 자, 이제 내가 말 위에 올라타는 걸 도와주렴. 너를 숲 끝까지 바래다줄게. 그런데 그 접시는 무엇에 쓰는 거지?"

"건포도 케이크를 담으려고 했어요."

앨리스가 말했다.

"그것도 챙겨가는 게 좋겠구나. 건포도 케이크를 찾게 되면 도움이 될 테니까. 이 자루 안에 넣게 도와주렴."

기사가 말했다.

꽤나 오랜 시간이 걸리는 일이었다. 앨리스는 조심스럽게 자루를 열었지만, 기사가 접시를 넣는 행동은 매우 서툴렀다. 처음 두세 번은 자신이 자루에 들어갈 뻔하기도 했다. 마침내 기사는 접시를 자루에 넣고서는 말했다.

"자루에 딱 들어가는군. 이 안에는 촛대가 잔뜩 들었거든."

그러면서 자루를 안장에 매달았다. 안장에는 이미 당근과 부지깽이 같은 것들이 주렁주렁 매달려 있었다.

"머리를 묶는 게 좋을 것 같구나."

하얀 기사가 출발하면서 말했다.

"저는 늘 이렇게 하는걸요."

앨리스가 웃으며 말했다.

"그러면 곤란할 거야. 이곳은 바람이 매섭단다. 진한 수프처럼 강렬하지."

하얀 기사가 걱정스럽게 말했다.

"혹시 머리카락이 날리지 않게 하는 방법은 발명하지 않으셨나요?"

앨리스가 물었다.

"아직. 하지만 머리카락이 빠지지 않게 하는 건 발명한 적이 있지."

기사가 말했다.

"들어보고 싶어요! 정말로요!"

"우선 곧게 뻗은 막대기가 필요해."

기사가 말했다.

"그런 다음 네 머리카락을 둥글게 말아야 하지. 과일나무처럼 말이야. 머리카락이 빠지는 이유는 아래로 늘어져 있기 때문이지. 위로 떨어지는 물건은 없잖니? 이게 내가 발명한 거야. 원한다면 한번 시도해봐."

앨리스는 그다지 편한 방법 같지는 않다고 생각했다. 그리고 말없이 걸었다. 그러다가 이따금씩 말타기가 영 서툰가엾은 기사를 도와주어야만 했다.

말이 멈출 때마다 (꽤 자주 멈췄다.) 기사는 앞으로 고꾸라졌다. 그리고 말이 다시 움직이면 (말은 보통 갑작스레 움직이기 시작한다.) 그는 뒤로 벌러덩 나자빠졌다. 나머지는 수월한 편이었다. 물론 이따금씩 옆으로 몸이 기울어지는 버릇도 있었다. 몸이 기울어지는 방향은 보통 앨리스가 걷고 있는 쪽이었기 때문에, 앨리스는 말과 너무 가까이 붙어서 걷지 말아야겠다고 생각했다.

"말 타는 연습을 많이 해보지 않으셨나 봐요."

앨리스는 기사가 다섯 번째 넘어지는 걸 일으켜주면서 용기를 내어 물었다.

기사는 화들짝 놀란 표정이었다. 약간 기분이 상한 듯했다.

"왜 그런 말을 하지?"

하얀 기사가 다시 안장으로 기어오르면서 물었다. 반대편으로 떨어지지 않으려고 한 손으로는 앨리스의 머리카락을 움켜잡은 채였다.

"연습을 많이 했다면 그렇게 자주 떨어지지 않을 테니까요."

"난 연습을 많이 했는걸. 그것도 엄청나게 많이!"

하얀 기사가 침울하게 말했다.

앨리스는 "정말요?"라는 말 외엔 달리 할 말이 떠오르지 않았다. 하지만 최대한 진심을 담아 말했다. 두 사람은 다시 말없이 걸었다. 하얀 기사는 눈을 감은 채 중얼거렸고, 앨리스는 하얀 기사가 또 굴러떨어질까봐 전전긍긍하며 그를 바라보았다.

그러다 기사가 갑자기 오른팔을 휘두르면서 큰 목소리로 말했다.

"말타기에서 가장 중요한 기술은 말이다……."

그러더니 대뜸 말을 꺼냈을 때처럼 갑자기 하던 말을 멈추었다. 기사는 말에서 굴러떨어져 앨리스가 걷던 방향으로 곤두박질치고 말았다. 앨리스는 깜짝 놀라서 그를 부축하며 물었다.

"뼈가 부러진 건 아니죠?"

"별 것 아니야."

기사는 뼈가 두세 개쯤 부러지는 건 일도 아니라는 듯 말했다.

"말타기에서 가장 중요한 기술은 말이다, 바로 균형 잡기지! 이렇게 말이야."

그는 고삐를 놓고 두 팔을 양옆으로 펼치는 시늉을 해보였다. 그리고 이번에는 뒤로 넘어져 말의 발굽 쪽으로 나가떨어지고 말았다.

앨리스가 그를 부축하는 동안에도 하얀 기사는 같은 말을 반복했다.

"연습을 얼마나 많이 했는데! 얼마나 많이!"

"글쎄요! 차라리 바퀴 달린 목마를 타는 게 낫겠어요."

참다못한 앨리스가 버럭 소리쳤다.

"그건 술술 잘 달리나?"

하얀 기사는 솔깃하다는 듯 물었다. 그러면서 이번에는 절대로 나가떨어지지 않으려는 듯 말의 목을 두 팔로 부여잡았다.

"진짜 말보다는 부드럽게 달리죠."

앨리스는 터져 나오려는 웃음을 참지 못하고 피식대며 말했다.

기사가 곰곰이 생각하더니 말했다.

"하나 장만해야겠구나. 한 마리나 두 마리, 아니면 여러 마리."

그러다가 잠시 정적이 흐른 뒤 기사가 다시 입을 열었다.

"나는 발명이라면 꽤 소질이 있지. 네가 지난번 나를 일으켜주었을 때 내가 생각에 잠겨 있는 거 같아 보이지 않았니?"

"네, 꽤 심각해 보이긴 했어요."

앨리스가 말했다.

"당시에 나는 문을 넘어가는 새로운 방법을 떠올리고 있었단다. 한번 들어보겠니?"

"물론이지요."

앨리스가 공손하게 말했다.

"내가 그걸 어떻게 생각해냈는지 알려줄게."

기사가 말했다.

"자, 나는 마음속으로 생각했지. 발이 문제라고 말이야. 머리는 이미 꽤 높이 있거든. 그래서 우선 내 머리를 문 꼭대기에 얹어두는 거지. 그러면 머리는 위에 높이 있게 돼. 그런 다음 머리로 물구나무를 서는 거야. 그러면 두 발도 충분히 높아지지. 자, 봐봐. 그러면 다 된 거야. 넘을 수 있지!"

엘리스가 곰곰이 생각하더니 말했다.

"네, 그렇게 하면 넘을 수 있겠네요. 하지만 어렵지 않을까요?"

"아직 시도해보지 않았어. 그러니 정확하게 알려줄 순 없지. 하지만 조금 어려울 것 같아서 나도 걱정이야."

기사가 침통하게 말했다. 그런 생각을 하고 나니 굉장히 화가 난 듯 보여서 엘리스는 명랑한 목소리로 황급히 화제를 바꿨다.

"투구가 정말 신기하게 생겼어요! 이것도 직접 발명하신 건가요?"

기사는 자랑스럽게 자신의 투구를 내려다보았다. 투구는 안장에 걸려 있었다.

"그렇지. 하지만 저것보다 더 훌륭한 걸 만들었어. 설탕덩어리처럼 생긴 투구 같은 거였지. 그걸 쓸 때면 말에서 굴러떨어질 때 항상 투구가 먼저 땅에 꽂혔거든. 그러니 나는 바닥에 머리를 박는 일이 거의 없었지. 물론 투구 안으로 처박힐 위험이 있긴 했어. 한번은 진짜 그런 일이 생기고 말았지. 최악의 경우는 내가 빠져나오기도 전에 다른 하얀 기사가 와서는 그걸 써버린 거야. 자신의 투구인 줄 알았던 게지."

기사가 너무 침통해 보여서 엘리스는 차마 웃을 수가 없었다.

"그럼 하얀 기사의 머리 꼭대기에 있게 되었으니, 그 하얀 기사가 다쳤겠네요."

앨리스가 떨리는 목소리로 말했다.

"물론 그를 발로 걷어찼지. 그러자 하얀 기사는 투구를 다시 벗었어. 하지만 내가 투구에서 빠져나오는 데 한참이나 걸렸지 뭐야. 나는 아주 빨랐지. 번개처럼 말이야."*

기사가 심각하게 말했다.

"하지만 그건 빠름이 아니라, 꽉 끼였다는 뜻이잖아요."

앨리스가 반박했다.

기사가 고개를 가로저었다.

"난 정말로 빨랐어. 진짜라고!"

신이 난 기사는 이 말을 하면서 손을 번쩍 쳐들었고, 이내 안장에서 굴러떨어져서는 깊은 구덩이에 머리를 처박고 말았다.

앨리스는 그를 살펴보려고 구덩이로 달려갔다. 지금껏 그럭저럭 버텨왔기에 안심하고 있었으므로 앨리스는 깜짝 놀랐다. 혹시나 이번에는 정말 다친 게 아닐까 걱정이 되었다. 기사의 구두 밑창만 보일 뿐이었지만 그가 평소와 같은 목소리로 말하는 걸 듣고서야 앨리스는 마음이 놓였다.

"난 정말로 빨랐어."

* 'fast'에는 '빠르다'와 '단단하다'의 두 가지 뜻이 있는데, 두 사람은 서로 다른 뜻을 쓰고 있다.

그가 다시금 말했다.

"하지만 다른 사람의 투구를 쓰다니! 그것도 사람이 들어 있는 투구를 말이야!"

"머리가 거꾸로 박혀 있는데도 어쩌면 그렇게 차분하게 말씀하실 수 있으세요?"

앨리스가 기사의 발을 잡고 강둑으로 끄집어 올리며 물었다.

"내 몸뚱이가 어디에 있든지 뭐가 중요하지?"

기사는 앨리스의 질문에 깜짝 놀라며 되물었다.

"내 정신은 늘 말짱하다고! 사실 머리를 더 아래로 향할 수록 난 새로운 걸 발명할 수 있지."

기사는 잠시 조용하더니 다시 입을 열었다.

"내가 발명한 것 중에 가장 뛰어난 건, 고기 메뉴 중간에 먹는 새로운 푸딩이지."

"다음 메뉴가 나오기 전에 요리가 다 되어야 하겠군요! 정말 빨리 만들어야겠어요."

앨리스가 말했다.

기사는 깊이 생각하더니 천천히 말했다.

"다음 메뉴를 위한 건 아니야. 절대 다음 메뉴를 위한 게 아니지."

"그러면 다음 날 먹으려는 건가요? 저녁 식사에 푸딩 요리를 두 번 먹지는 않잖아요?"

기사가 다시금 반복했다.

"음, 다음 날도 아니야. 다음 날은 아니지, 실은……."

그러더니 고개를 숙인 채 점점 기어들어 가는 목소리로 중얼거렸다.

"푸딩은 애초에 만들어진 적이 없었던 것 같아. 그 푸딩은 앞으로도 요리될 일이 없지. 하지만 그건 정말 훌륭한 발명이었어."

"무엇으로 만들 생각이었나요?"

앨리스가 그의 기분을 돋울 생각으로 물었다. 기사가 너무 풀이 죽어 보였기 때문이다.

"압지*가 우선 필요해."

기사가 끙끙거리는 소리를 내며 말했다.

"그건 좋아 보이지 않는데요……."

"그것만으로는 좋지 않지."

기사가 흥분해서 끼어들었다.

"하지만 화약이나 봉랍 같은 것들과 섞이면 얼마나 달라지는지 너는 모를 게다. 나는 이만 가봐야겠구나."

두 사람은 숲의 끝자락에 막 이르렀다.

앨리스는 그저 어리둥절했다. 푸딩 생각을 계속하고 있

---

* 잉크나 먹물로 쓴 글씨가 묻어나거나 번지지 않도록 위에서 눌러 물기를 빨아들이는 종이다.

었던 것이다.

"슬픈가 보구나. 네게 위로가 될 노래를 불러주마."

기사가 걱정스러운 목소리로 말했다.

"엄청 긴가요?"

하루 종일 무척 많은 시를 들었기에 앨리스가 물었다.

"길지. 하지만 정말 아름다워. 이 노래를 들은 사람들은 전부 눈물을 뚝뚝 흘리거나 아니면……."

"아니면 뭐요?"

기사가 갑자기 말을 멈추자 앨리스가 물었다.

"아니면 안 흘리지. 당연하잖아. 노래 제목은 「대구의 눈」이란다."

"아, 그게 노래 제목이군요!"

앨리스가 솔깃해하며 물었다.

"아니지. 너는 이해를 못하는구나. 사람들이 부르는 제목이 그렇다는 거고, 진짜 제목은 「늙고도 늙은 사람」이야."

기사가 조금 짜증스러운 듯 말했다.

"그럼 '사람들이 부르는 노래 제목이 그것인가요?'라고 물었어야 했나봐요."

앨리스가 말을 고쳐 물었다.

"아니지, 그렇지 않지. 그건 다른 거야! 그 노래는 「수단과 방법」이라고 불리는 거야. 하지만 그것도 그렇게 불리는 것일 뿐이란다."

그쯤되자 완전히 어리둥절해진 앨리스가 물었다.

"그럼, 그 노래는 뭔가요?"

"말하려던 참이야. 이 노래는 사실 「문 위에 앉아서」란다. 곡조는 내가 붙였지."

기사는 그렇게 말하면서 말을 멈춰 세우고 말의 목에 고삐를 걸었다. 그런 다음 다정하고도 천진난만한 표정과 희끄무레한 미소를 띤 채 자신의 노래를 즐긴다는 듯이 한 손으로 천천히 박자를 맞추기 시작했다.

거울 나라에 와서 본 오만 가지 놀라운 것들 중에 이것이 가장 또렷하게 기억에 남는다. 수년이 지난 후에도 앨리스는 이 모든 장면을 어제 있었던 일인 것처럼 생생하게 떠올릴 수 있었다. 하얀 기사의 맑고도 청명한 두 눈과 부드러운 미소, 머리카락 사이로 스며드는 저녁노을, 앨리스의 눈을 부시게 했던 빛나는 갑옷까지도. 고삐를 목에 느슨하게 두른 채 초원 위를 조용히 거닐던 말과 그 뒤로 펼쳐져 있던 숲의 어둑한 그늘까지. 이 모든 것은 한 폭의 그림처럼 앨리스에게 고스란히 남아 있다. 앨리스는 한 손으로 햇빛을 가린 채 나무에 기대어 이 신비한 한 쌍을 지켜보며 꿈결인 듯 우수에 젖은 가락에 귀를 기울였다.

"하지만 이 곡조는 기사가 만든 게 아니야. 「나는 그대에게 모두 드리리. 더 이상은 없다오」잖아."

앨리스가 혼잣말을 했다. 앨리스는 서서 귀를 기울였지

만, 눈물이 흘러나오지는 않았다.

그대에게 모든 걸 말해주겠소.

해줄 말이 거의 없긴 하지만.

나는 늙고도 늙은 사람을 보았지.

문 위에 앉아 있더군.

"어르신은 뉘시오?"

내가 물었네.

"어떻게 사시오?"

그러자 그의 대답이 체 사이로 빠져버리는 물처럼

내 머릿속에 졸졸 흘렀지.

그가 말했네.

"나는 나비를 찾고 있소.

밀밭에서 잠자는 나비를.

나는 양고기 파이 속에 그것들을 넣어서

거리에서 팔았지.

폭풍우를 뚫고 노를 젓는 이들에게.

그렇게 나는 벌어먹고 산다네.

소소하지만 들어보겠나."

하지만 나는 수염을 초록색으로

물들일 계획이었지.

그리고 항상 커다란 부채를 쓰면

저들이 눈치채지 못할 거야.

아무튼 노인의 말에

대꾸할 게 없어서 나는 외쳤지.

"어찌 사시는지 알려주시오."

그리고는 그의 머리를 내리쳤네.

노인이 나지막하게 이야기를 하더군.

"나는 내 길을 간다네.

그러다가 시냇물을 만나면

나무껍질로 표시를 해두지.

그후로 사람들은

로랜드 마카사르 기름이라는 걸 만들었어.

하지만 내 노동의 대가는

2펜스 반 페니가 전부였네."

하지만 나는 반죽을 먹고 사는

방법을 궁리하고 있었지.

그러면 날마다 조금씩

몸집이 불어나거든.

나는 노인을 이쪽저쪽으로 흔들어댔지.

그의 얼굴이 파랗게 질릴 때까지.

"어찌 사시는지 알려달라고요!"

나는 외쳤네.

"무얼 하며 사는지도요!"

노인이 말하길

"나는 대구의 눈을 사냥한다네.

헤더 꽃이 빛나는 곳에서.

그러고는 고요한 밤에

그것들을 조끼단추로 만든다네.

그것들을 금화나 은화를 받고 팔지 않았지.

반 페니짜리 잔돈만 받았을 뿐이야.

그걸로 아홉 개를 살 수 있다네.

이따금씩 버터 바른 빵을 파내기도 하지.

게를 잡으려고 나뭇가지로 덫을 놓기도 해.

푸르른 동산 위로 이륜마차의 바퀴를 찾아다니기도 하지.

그런 식이라네. (노인은 한쪽 눈을 찡긋했지.)

그렇게 나는 돈을 모았어.

그대의 건강을 위해 한 잔 들이키리다."

그제야 나는 노인의 말이 들렸지.

메나이 다리를 녹슬지 않게 하려면
와인에 넣고 끓이면 된다는 걸
나는 막 알아낸 참이었거든.
그가 돈 버는 법을 알려줘서
나는 고마워했지.
하지만 사실은 내 건강을 빌어줘서
진짜 고마웠네.

혹여라도
내 손가락에 풀이 묻거나
오른발을 정신없이
왼쪽 신발에 밀어 넣거나
혹은 발등에 엄청 무거운 것을
떨어뜨리거나 할 때
나는 울음을 터트릴 게야.
한때 알던 그 노인이 떠올라서.
해맑고 느릿느릿 말하던 사람
머리카락이 눈송이보다 희던 사람
얼굴은 까마귀 같고
눈은 타버린 숯처럼 까맣고
슬픔에 사로잡혀서
온몸을 이리저리 흔들던 사람.

입 안에 반죽을 가득 문 것처럼

나지막이 중얼대고

물소처럼 콧김을 내뿜던

오래전 그 여름 밤

문 위에 앉아 있던 그 노인.

기사는 감미로운 노래의 마지막 가사를 다 읊고 나자, 고삐를 손에 쥐고는 온 길로 다시 말머리를 돌렸다.

"너는 몇 미터만 더 가면 될 거야. 언덕 아래로 가서 시냇물을 건너면 넌 여왕이 될 수 있어. 하지만 그 전에 잠시 머물러서 나를 먼저 배웅해주겠니?"

앨리스가 기사가 손가락으로 가리키는 방향을 열심히 바라보는 사이 기사가 한마디 덧붙였다.

"그리 오래 걸리지는 않을 거야. 내가 저 길모퉁이를 돌 때까지 손수건을 흔들어주겠니? 그러면 내게 힘이 될 것 같구나."

"물론이죠. 여기에 서 있겠어요. 그리고 먼 길을 데려다주셔서 정말 감사합니다. 노래도요. 정말 좋았어요."

앨리스가 말했다.

"그랬으면 좋겠구나."

기사는 못미더운 듯 말했다.

"하지만 넌 내가 예상했던 것만큼 울지 않더구나."

그리고 두 사람은 악수를 했고, 기사는 숲으로 천천히 말을 몰아 길을 떠났다.

"배웅하는 건 그렇게 오랜 시간이 걸리지 않을 거야."

앨리스가 그를 바라보며 중얼거렸다.

"저기 가시는군! 또 머리로 떨어지셨네. 하지만 금세 말 위로 올라타시네. 말에 저렇게 주렁주렁 물건을 매달아놨으니 그렇지."

앨리스는 중얼거리면서 말이 길을 따라 유유히 가는 것을 지켜보았다. 기사는 이쪽 편에서 저쪽 편으로 번갈아 굴러떨어졌다. 네다섯 번쯤 떨어졌을 무렵 기사는 모퉁이에 이르렀다. 앨리스는 손수건을 꺼내어 그가 시야에서 완전히 사라질 때까지 흔들었다.

"힘이 나셨으면 좋겠어."

앨리스가 돌아서서 언덕을 뛰어 내려오며 말했다.

"그리고 이제 마지막 시냇가로 가는 거야. 그러면 나는 여왕이 되는 거지. 정말 멋져!"

몇 걸음 나아가자 엘리스는 시냇가에 도착했다.

"드디어 여덟 번째 칸에 온 거야!"

앨리스가 시냇물을 폴짝 뛰어넘으며 말했다.

　　　　*　　　　　*　　　　　*　　　　　*
　　　　　　*　　　　　*　　　　　*
　　*　　　　　*　　　　　*　　　　　*

　그런 다음 이끼처럼 보드라운 잔디밭에 드러누웠다. 작은 꽃들이 여기저기 피어 있었다.

　"아, 이런 곳에 있다니 너무 행복해! 그런데 내 머리 위에 있는 이건 뭐지?"

　앨리스가 당황한 목소리로 말했다. 그러고는 머리에 꼭 들어맞는 아주 무거운 무언가를 두 손으로 들어 올리려고 했다.

　"어쩜 나도 모르는 사이에 이런 게 머리에 있지?"

　앨리스가 무슨 물건인지 자세히 살피려고 그것을 걷어내 무릎에 내려놓았다.

　그것은 다름 아닌 황금 왕관이었다.

제9장
여왕이 된 앨리스

"정말 멋지잖아!"

앨리스가 말했다.

"이토록 빨리 여왕이 될 거라곤 생각도 못했어. 폐하, 그럼 드릴 말씀이 있습니다."

앨리스는 근엄한 목소리로 말을 이어갔다. (앨리스는 스스로를 나무라는 걸 즐겨하곤 했다.)

"이렇게 풀밭에서 뒹굴고 있으시면 안 됩니다! 여왕은 위엄을 갖춰야 합니다! 아시면서!"

그리하여 앨리스는 자리에서 일어나 이리저리 걸어 다녔다. 왕관이 떨어질까봐 처음에는 다소 뻣뻣한 걸음이었지만 아무도 보는 사람이 없다는 걸 깨닫자 이내 마음이 놓였다.

"내가 만약 진짜 여왕이라면."

앨리스가 다시 풀밭에 앉으면서 말했다.

"난 머지않아 잘하게 될 테지."

모든 게 너무 이상했던 터라 앨리스는 붉은 여왕과 하얀 여왕이 양옆 가까운 곳에 앉아 있다는 걸 알아차리고도 크게 놀라지 않았다. 앨리스는 여왕들에게 여기에 어떻게 오게 되었는지 묻고 싶었지만 예의에 어긋나는 것 같았다. 하지만 게임이 끝난 것인지 아닌지를 묻는 건 문제가 없다고 생각했다.

"실례지만, 궁금한 게 있는데요……."

앨리스는 수줍게 붉은 여왕을 바라보며 입을 열었다.

"말을 하라고 할 때 해야지!"

여왕이 날카롭게 말을 가로챘다.

늘 맞설 준비가 되어 있는 앨리스가 말했다.

"하지만 만약 모두가 그 규칙을 따른다면, 그래서 말을 하라고 할 때만 할 수 있다면, 여왕님이 말씀하실 때까지 늘 기다려야 한다는 거잖아요. 그렇게 되면 그 누구도 말을 하지 못한다는 거네요. 그러니……."

"기가 막히는구나! 얘야, 모르겠니?"

여왕이 소리쳤다. 이때 여왕이 인상을 찌푸리고는 잠시 생각에 잠긴 뒤 화제를 바꿔버렸다.

"'내가 진짜 여왕이라면'이 무슨 뜻이지? 너를 그렇게 칭할 권리가 너한테 있다는 거야? 너는 여왕이 아니야. 합당

한 시험을 통과하기 전까진 말이야. 시험은 빨리 시작할수록 더 좋지."

"저는 그저 '만약'이라고 했을 뿐이에요."

가엾은 앨리스가 애원하듯 말했다.

두 여왕은 서로를 바라보았다. 붉은 여왕이 몸서리치며 말했다.

"그저 '만약'이라고 했다는데?"

"그것보다 더 많이 지껄였어! 훨씬 더 많이 말했지!"

하얀 여왕이 손을 맞잡아 비틀며 말했다.

"인정하지? 항상 진실을 말하도록 하거라. 말하기 전에 생각하라는 거야. 그리고 그후에 기록을 하렴."

붉은 여왕이 앨리스에게 말했다.

"저는 그런 뜻이 아니었어요……."

앨리스가 설명하려 했지만 붉은 여왕이 참지 못하고 끼어들었다.

"그게 내가 마음에 안 드는 부분이라는 거야! 너는 뭐라도 뜻이 있는 말을 했었어야지. 아무런 뜻도 없는 말을 하는 아이가 무슨 소용이 있겠어? 하다못해 농담에도 뜻이 담긴 법이야. 하물며 아이는 농담보다는 더 귀하지. 그렇게 두 손으로 아니라고 해도 소용없어."

"저는 제 손으로 아니라고 한 적 없어요."

앨리스가 대꾸했다.

"누가 너더러 그랬다고 했니? 나는 설령 네가 했다 한들 소용없었을 거라고 했다."

붉은 여왕이 말했다.

"쟤는 저런 마음인 거야. 무엇이든 아니라고 하고 싶은 거지. 그저 그 대상을 찾지 못한 것뿐이야."

하얀 여왕이 말했다.

"요 고약하고 성질 못된 녀석!"

붉은 여왕이 말했다. 그런 다음 이들 사이에는 한동안 어색한 침묵이 흘렀다.

침묵을 깬 건 붉은 여왕이었다. 하얀 여왕에게 말했다.

"오늘 오후 앨리스의 저녁 만찬에 당신을 초대할게."

"그럼 나는 당신을 초대하지."

하얀 여왕이 희미하게 미소를 지으며 말했다.

"저는 제가 저녁에 만찬을 여는 줄도 몰랐는걸요. 하지만 만찬이 어딘가에서 열린다면 제가 손님들을 초대해야 하잖아요."

앨리스가 말했다.

"우리가 네게 그럴 기회를 주지. 하지만 넌 아직 예의범절 수업을 다 받지 못한 듯싶구나?"

붉은 여왕이 말했다.

"예의범절은 수업 시간에 배우는 게 아니에요. 수업 시간에는 셈을 하는 법을 배운다고요."

앨리스가 말했다.

"너는 덧셈을 할 줄 아니?"

하얀 여왕이 물었다.

"그럼 1 더하기 1 더하기 1 더하기 1 더하기 1 더하기 1 더하기 1 더하기 1 더하기 1 더하기는 무엇이지?"

"잘 모르겠어요. 세는 것을 까먹고 말았어요."

앨리스가 말했다.

"덧셈은 할 줄 모르는군. 뺄셈은 할 줄 아니? 8에서 9를 빼보렴."

붉은 여왕이 끼어들었다.

"8에서 9를 빼다니요. 저는 할 수 없어요."

앨리스가 즉시 대답했다.

"뺄셈을 할 줄 모르는 아이군."

하얀 여왕이 말했다.

"그럼 나눗셈은 할 줄 아니? 칼로 빵 한 덩이를 나눠보렴. 답은 뭘까?"

앨리스가 말을 하려는 순간 붉은 여왕이 답을 대신 말해버렸다.

"당연히 버터 바른 빵이지. 다른 뺄셈을 내주지. 개한테서 뼈다귀를 빼앗으면 뭐가 남지?"

앨리스는 곰곰이 생각했다.

"만약 내가 가져갔다면 뼈다귀는 당연히 남지 않겠죠. 개

도 남아 있지 않을 거예요. 저를 물려고 달려올 테니까. 그
러면 저도 남아 있지 않게 될 거예요."

"그렇다면 너는 아무것도 남지 않는다고 생각하는구나?"

붉은 여왕이 말했다.

"그게 답인 것 같아요."

"늘 그렇듯, 틀렸어. 개의 성질은 남지."

붉은 여왕이 말했다.

"하지만 그걸 무슨 수로……."

"자, 봐봐! 개는 매우 화가 나겠지! 그렇지 않니?"

붉은 여왕이 소리쳤다.

"아마도 그렇겠지요."

앨리스가 조심스럽게 대답했다.

"그럼 개가 가버린다 해도 성질은 남는 셈이지!"

붉은 여왕이 의기양양하게 외쳤다.

"서로 다른 길을 갈 수도 있죠."

앨리스가 최대한 진지하게 말했다.

하지만 속으로 이렇게 생각했다.

'이게 무슨 얼토당토않는 소리람!'

"이 아이는 셈을 전혀 할 줄 모르는군!"

두 여왕이 한 목소리로 강조하며 말했다.

"여왕님들은 셈을 할 줄 아시는 거예요?"

앨리스가 하얀 여왕을 갑자기 돌아보며 물었다. 혼자만

트집 잡히는 게 싫었기 때문이었다. 여왕은 한숨을 쉬며 눈을 감았다.

"나는 덧셈을 할 줄 알아. 시간만 충분하다면 말이지. 하지만 아무리 해도 뺄셈은 못하겠어."

"물론 네 이름 철자는 알고 있겠지?"

붉은 여왕이 말했다.

"물론이지요."

앨리스가 말했다.

"나도 내 이름 철자는 알아. 우린 가끔 함께 외우기도 한단다. 비밀인데, 나는 철자 하나로 된 단어들을 읽을 줄 안단다. 멋지지 않니? 하지만 실망하지 말거라. 너도 조만간 그렇게 될 거야!"

하얀 여왕이 속삭였다.

"일반상식도 답할 수 있겠니? 빵은 어떻게 만들지?"

붉은 여왕이 다시 끼어들었다.

"알아요! 밀가루를 조금 가져다가⋯⋯."

앨리스가 신나서 외쳤다.

"꽃을 어디서 꺾어 온다는 거니? 정원? 아니면 울타리?"*

하얀 여왕이 물었다.

"꺾어 오는 게 아니에요. 곱게 갈아서⋯⋯."

---

* 영어에서 '밀가루(flour)'와 '꽃(flower)'의 발음이 같아서 여왕이 잘못 이해한 것이다.

앨리스가 설명을 하려고 했다.

"땅을 얼마나 많이? 그렇게 대충 말하면 안 돼."*

하얀 여왕이 말했다.

"저 아이 머리에 부채질 좀 해주렴! 생각을 너무 많이 해서 열이 날 게야."

붉은 여왕이 걱정스러운 듯 끼어들었다. 그래서 두 여왕은 나뭇잎으로 앨리스의 머리에 부채질을 하기 시작했다. 머리카락이 날리니 제발 멈춰달라고 앨리스가 사정할 때까지 부채질은 계속되었다.

"이제 좀 괜찮아질 게야."

붉은 여왕이 말했다.

"다른 나라 말은 할 줄 아니? 피들디디(fiddle-de-dee)가 프랑스어로 뭔지 아니?"

"피들디디는 영어가 아닌걸요."

앨리스가 진지하게 대답했다.

"누가 그래?"

붉은 여왕이 말했다.

앨리스는 이런 난감한 상황에서 빠져나갈 궁리를 찾았다고 생각했다.

---

* '빻다'는 뜻을 가진 'grind'의 과거형 'ground'와 '땅'을 뜻하는 'ground'의 철자와 발음이 같다.

"만약 피들디디가 어느 나라 말인지 알려주시면, 프랑스어로 뭔지 알려드릴게요!"

앨리스가 자신만만하게 말했다. 하지만 붉은 여왕은 몸을 꼿꼿하게 세우고는 말했다.

"여왕은 협상을 하지 않는 법이지!"

'애초에 여왕이 질문을 하지 않는다면 더 좋을 것 같아.'

앨리스는 속으로 생각했다.

"싸우지 마. 번개는 왜 치는 거지?"

하얀 여왕이 걱정스러운 목소리로 말했다.

"번개가 치는 건 천둥 때문이지요!"

앨리스는 이번에는 꽤 자신 있다고 생각했으므로 단호하게 말했다. 그러다가 이내 말을 바꿨다.

"아, 아니에요. 제 말은 그 반대라고요."

"고쳐 말하기에는 이미 늦은 것 같구나. 한 번 내뱉은 말이면 그걸로 정해지는 거야. 그에 대한 책임은 네가 져야 하는 거지."

붉은 여왕이 말했다.

"지난 화요일에 끔찍한 폭풍이 있었지. 내 말은 지난 화요일 묶음 중 하루였어."

하얀 여왕이 고개를 숙이고는 불안하게 손가락을 쥐락펴락하더니 말했다.

앨리스는 아리송해졌다.

"제가 사는 곳에서는 하루는 한 번만 있는걸요."

"보잘것없기는! 이곳에서는 밤과 낮이 대개 두세 번씩 있단다. 겨울에는 다섯 밤씩 있기도 해. 물론 따뜻함을 유지하기 위해서지."

붉은 여왕이 말했다.

"그렇다면 하룻밤보다 다섯 밤이 더 따뜻하다는 말씀인가요?"

앨리스가 용기를 내어 물었다.

"물론 다섯 배가 더 따뜻하지."

"하지만 그 규칙대로라면 다섯 배 더 추울 텐데요."

"바로 그거야!"

붉은 여왕이 소리쳤다.

"다섯 배 더 따뜻하고, 다섯 배 더 춥지. 내가 너보다 다섯 배 더 돈이 많고, 다섯 배 더 똑똑한 거랑 같은 이치란다."

앨리스는 한숨을 내쉬며 두 손 두 발 다 들고 말았다. 그러고는 생각했다.

'답이 없는 수수께끼랑 다를 바가 없잖아!'

"험프티 덤프티도 그걸 봤지. 손에 코르크 마개뽑이를 들고 문으로 와서……."

하얀 여왕이 낮은 목소리로 말을 이어갔다. 혼잣말을 하는 것 같았다.

"뭘 원했지?"

붉은 여왕이 말했다.

"들어오고 싶다더군. 하마를 찾고 있다면서 말이야. 그런데 하필이면 그날따라 집에 하마가 없었어. 그날 아침에 말이야."

하얀 여왕이 말을 이어갔다.

"평소라면 하마가 있다는 건가요?"

앨리스가 화들짝 놀라서 물었다.

"목요일에만 있지."

하얀 여왕이 말했다.

"험프티 덤프티가 왜 왔는지 알아요. 물고기를 혼내주러 온 거예요. 왜냐면……."

앨리스가 말했다.

이때 하얀 여왕이 말을 가로챘다.

"정말 거센 폭풍우였어! 넌 상상도 못할 거야! (붉은 여왕이 말했다. "저 아이가 알 리가 없지.") 지붕은 날아가고, 더 거센 천둥소리가 들려왔어. 천둥들이 덩어리져서 방 안을 데굴데굴 굴러다니더니 탁자며 물건들을 죄다 쓰러뜨렸지. 난 기겁을 하고 말았어. 내 이름도 기억이 안 나더라니까!"

앨리스는 속으로 생각했다.

'나였으면 그런 난리 속에서 내 이름을 기억하려고 하지는 않았을 텐데. 그게 무슨 소용이 있겠어?'

하지만 앨리스는 가엾은 여왕의 심기를 불편하게 하고

싶지 않아서 감히 소리 내어 말하지는 않았다.

붉은 여왕이 하얀 여왕의 한 손을 잡고 부드럽게 쓰다듬으며, 앨리스를 향해 말했다.

"부디 너그러이 이 자를 용서하거라. 의도는 좋았다고 해도 대개 멍청한 소리만 해대거든."

하얀 여왕은 조심스럽게 앨리스를 바라보았다. 앨리스는 다정한 말을 건네야만 할 것 같았지만 딱히 무슨 말을 해야 할지 떠오르지가 않았다.

붉은 여왕이 말을 이어갔다.

"하얀 여왕은 좋은 가정교육을 받지 못했어. 그럼에도 좋은 성품을 지녔지. 머리를 쓰다듬어주렴. 그러면 정말 좋아하거든."

하지만 앨리스는 선뜻 용기가 나지 않았다.

"조금만 친절히 대해주면…… 머리카락을 종이에 말아주면…… 얼마나 좋아할……."

하얀 여왕이 깊게 한숨을 내쉬고는 앨리스의 어깨에 머리를 기댔다.

"너무 졸려."

하얀 여왕이 투덜거리듯 말했다.

"가엾은 것! 피곤하구나. 머리를 쓰다듬어주렴. 수면모자도 빌려주고. 자장가도 불러줘."

붉은 여왕이 말했다.

"제겐 수면모자가 없는걸요. 그리고 자장가도 몰라요."

앨리스는 첫 번째 지시에 따라보려고 애쓰며 말했다.

"그럼 내가 직접 부르는 수밖에."

붉은 여왕이 말했다. 그러고는 자장가를 흥얼거리기 시작했다.

쉬쉬 조용히 앨리스의 무릎에서
만찬이 준비될 때까지 낮잠을 잘 시간
만찬이 끝나면 무도회에 간다네.
붉은 여왕, 하얀 여왕, 앨리스, 우리 모두!

"여기서부터는 가사를 알겠지?"

붉은 여왕은 앨리스의 다른 쪽 어깨에 머리를 기댔다.

"나에게도 자장가를 불러줘. 나도 졸리거든."

이내 두 여왕은 잠이 들었고 크게 코를 골아댔다.

"난 이제 어쩌지?"

앨리스는 당황해서 주위를 두리번거렸다. 한 여왕은 고개가 빙글빙글 돌아가고, 다른 여왕은 앨리스의 어깨에 기댄 머리가 미끄러져 내려와 무릎 위에 짐짝처럼 얹혀져 있었기 때문이었다.

"이런 경우는 또 처음이지. 잠이 든 두 여왕을 한꺼번에 돌보게 될 줄이야! 영국 역사에서 다시는 없을 일이라고!

절대로! 왜냐면 여왕은 한 번에 딱 한 명씩이니까. 일어나세요! 무거운 여왕님들!"

앨리스가 재촉하며 말했지만 편안히 코 고는 소리만 들릴 뿐 아무런 답도 없었다.

코 고는 소리는 점점 더 명료해지더니 이내 노래처럼 들렸다. 심지어 가사까지 들릴 정도였다. 열중해서 듣느라 무거운 두 머리가 갑자기 무릎에서 사라졌는데도 앨리스는 거의 알아차리지 못했다.

앨리스는 아치 모양으로 된 현관에 서 있었다. 현관에는 '여왕 앨리스'라고 커다랗게 적혀 있었다. 아치 양옆으로는 종 모양의 손잡이가 달려 있었다. 한쪽은 '방문자용', 다른 쪽은 '하인용'이라고 표시되어 있었다.

'노래가 끝날 때까지 기다려야지. 그런 다음에 종을 울려야겠어. 그런데 어떤 종을 울려야 하지?'

앨리스는 종 이름 때문에 혼란스러웠다.

"나는 방문객이 아닌데. 그렇다고 하인도 아니야. 분명 여왕용이라고 표시되어 있는 게 있을 테지."

바로 그때 문이 조금 열렸다. 긴 부리를 지닌 짐승이 머리를 빼꼼히 내밀고는 말했다.

"다다음주까지는 입장 금지입니다!"

그러고는 문을 쾅 닫아버렸다.

앨리스는 오랫동안 문을 두드리고 종을 울려보았지만 소

용없었다. 하지만 마침내 나무 아래에 앉아 있던 매우 늙은 개구리가 자리에서 일어나 절뚝거리며 천천히 앨리스에게 다가왔다. 그는 밝은 노란색 옷을 걸쳤고, 무진장 큰 장화를 신고 있었다.

"뭐 하는 건가?"

개구리가 쉰 목소리로 낮게 속삭였다.

앨리스는 누구든 걸리면 트집을 잡아볼 요량으로 고개를 돌렸다.

"문 앞에서 응답하는 하인은 어디 있지요?"

앨리스가 화가 나서 소리쳤다.

"어느 문?"

개구리가 말했다.

앨리스는 개구리가 뜸을 들이며 대꾸하는 통에 화가 나서 바닥을 쾅쾅 내리찍을 지경이었다.

"당연히 이 문이지!"

개구리는 커다랗고 흐리멍덩한 눈으로 한동안 문을 바라보았다. 그런 다음 문 가까이 다가가서는 칠이 벗겨지는지 확인해보려는 듯 엄지손가락으로 문을 문질렀다. 그리고 앨리스를 쳐다보며 말했다.

"문에서 응답을 한다고? 뭐라고 물었는데?"

개구리의 목소리는 너무 쉬어서 도통 알아들을 수가 없었다.

"무슨 말인지 못 알아듣겠어."

앨리스가 말했다.

"나는 영어로 이야기하고 있는데? 아니면 너 귀가 먹은 건가? 문이 너한테 뭐라고 물었니?"

개구리가 말을 이어갔다.

"아무것도 묻지 않았어! 그냥 계속 두드리고 있었어."

앨리스가 초초하게 말했다.

"그렇게 해서는 안 돼. 그렇게 해서는. 성가시게 해야 하는 거라고."

개구리가 중얼거렸다. 그러고는 큼직한 발로 문을 힘껏 걷어찼다.

"네가 얘를 가만히 놔두면, 녀석도 널 건들지 않을 거야."

개구리가 숨을 헐떡이며 이렇게 말하고는 절뚝절뚝 나무로 되돌아갔다.

그 순간 문이 활짝 열렸다. 안에서는 누군가 날카로운 목소리로 노래하는 소리가 들렸다.

거울 나라에서 앨리스가 말했네.

"내 손에는 왕홀이, 내 머리에는 왕관이 있네.

거울 나라에 사는 이들이여, 누구든지 와서

붉은 여왕, 하얀 여왕, 그리고 나와 함께 만찬을 즐기세!"

그러고는 이어지는 수백 명이 부르는 합창 소리.

어서 빨리 잔을 채우고
식탁 위에 단추와 겨를 흩뿌리자고.
커피에는 고양이들을, 차에는 쥐를 넣자.
그리고 30 곱하기 3으로 앨리스 여왕을 맞이하세.

노래가 끝나자 환호성이 이어졌다. 앨리스는 다시 생각
에 잠겼다.

'30 곱하기 3이면 90인데. 그런데 누가 그걸 다 세고 있
겠어?'

잠깐 동안 침묵이 흘렀고, 아까의 떨리는 목소리가 다시
목청을 높였다.

"오, 거울 나라에 사는 이들이여!"
앨리스가 말했네.
"가까이 오시오!
나를 보는 건 영광이고, 내 목소리를 듣는 건 축복이지.
붉은 여왕, 하얀 여왕, 그리고 나와 함께
먹고 마시는 건 특권이 아닐 수 없소."

다시 이어지는 합창.

당밀과 잉크로 잔을 채우자.

마시기 좋은 건 뭐든 좋다네.

사과술에 모래를 섞고, 양털과 포도주를 섞어라.

90 곱하기 9로 외치며

앨리스 여왕을 환영하라!

"90 곱하기 9라니!"

앨리스는 절망적으로 읊조렸다.

"이러다간 끝도 없겠어. 그냥 들어가는 게 낫겠어."

앨리스가 안으로 들어서는 순간 주변은 쥐 죽은 듯 조용해졌다.

앨리스는 넓은 홀에 들어서자 초조한 눈길로 탁자를 쳐다보았다. 거기에는 오십 명쯤 되는 손님들이 앉아 있었다. 짐승도 있었고, 새도 있었고, 꽃도 있었다.

'초대받을 때까지 기다리지 않고 알아서 와주어서 천만다행이야. 난 누구를 초대해야 할지도 몰랐으니까!'

앨리스는 생각했다.

탁자의 상석에는 의자가 세 개 놓여 있었다. 붉은 여왕과 하얀 여왕이 이미 두 자리를 차지했다. 하지만 가운데 자리는 비어 있었다. 앨리스가 그 자리에 앉았다. 말없는 분위기가 어색하여 아무라도 먼저 말을 꺼내주면 좋겠다고 생각했다.

이윽고 붉은 여왕이 말문을 열었다.

"수프와 생선 요리를 놓쳤군. 구운 고기를 가져오너라!"

하인들이 앨리스 앞에 양고기 다리를 놓았다. 앨리스는 한 번도 구운 고기를 잘라본 적이 없던 터라 걱정스럽게 고기를 바라만 보고 있었다.

"부끄러워하기는. 양고기 다리를 소개하지. 앨리스, 여긴 양고기야. 양고기, 이쪽은 앨리스라고 해."

붉은 여왕이 말했다.

양고기 다리가 접시에서 일어나더니 앨리스에게 고개를 숙여 인사했다. 앨리스는 기겁해야 할지 웃어야 할지 알지 못했다.

"한 조각씩 드릴까요?"

앨리스가 칼과 포크를 들고는 두 여왕을 번갈아 바라보며 말했다.

"말도 안 돼."

붉은 여왕이 단호하게 말했다.

"인사를 나눈 상대를 자르는 건 예의가 아니지. 구운 고기를 치우거라!"

하인들이 고기를 가져갔고 대신 커다란 건포도 푸딩을 내왔다.

"푸딩에게는 인사를 하지 않겠어요."

앨리스가 재빨리 덧붙였다.

"그렇지 않으면 전 오늘 밤 아무것도 먹지 못할 거라고요. 조금 덜어드릴까요?"

하지만 붉은 여왕은 실룩한 표정을 짓더니 투덜거렸다.

"푸딩, 앨리스. 앨리스, 푸딩이야. 푸딩을 치워라!"

하인들이 어찌나 재빨리 접시를 가져가 버리는지 앨리스는 고개 숙여 화답할 겨를도 없었다.

하지만 앨리스는 왜 붉은 여왕만이 명령을 내리는지 이해할 수 없었다. 그래서 시험 삼아 크게 명령했다.

"하인! 푸딩을 다시 가져와!"

그러자 마법처럼 푸딩이 다시 튀어나왔다. 어찌나 크던지 앨리스는 양고기와 함께 있을 때처럼 조금 수줍어졌다. 하지만 이내 용기를 내고 한 조각 잘라서 붉은 여왕에게 건넸다.

"이렇게 무례할 수가!"

푸딩이 말했다.

"내가 너를 마구 썰어서 조각내면 기분이 어떻겠나!"

푸딩이 탁하면서도 느끼한 말투로 이야기해서 앨리스는 무슨 말을 해야 할지 몰랐다. 그저 자리에 앉아 푸딩을 바라보기만 할 뿐이었다.

"말을 해야지. 푸딩이 혼자 말을 다 하게 내버려두다니 말도 안 돼!"

붉은 여왕이 말했다.

"그거 아세요? 저는 오늘 엄청 많은 시를 들었어요."

앨리스가 말하기 시작했다. 주변은 이내 쥐 죽은 듯 조용해졌다. 모든 시선이 그녀에게 고정되어 있음을 느끼자 약간 당황했다.

"정말 이상한 것 같아요. 모든 시가 어떠한 형태로든 물고기와 연관되어 있었거든요. 왜 여기서는 그렇게 물고기를 좋아하는지 혹시 아세요?"

앨리스는 붉은 여왕에게 물었는데, 붉은 여왕의 답변은 질문과는 딴판이었다.

"물고기에 관한 것이라면 말이지⋯⋯."

여왕은 앨리스의 귓가에 입을 가져다 대고는 진지하고도 나지막하게 말했다.

"하얀 여왕이 재미있는 수수께끼를 안단다. 모두 시로 되어 있지. 물고기에 관한 것이고 말이야. 하얀 여왕에게 읊어보라고 할까?"

"그렇게 말하다니 붉은 여왕은 친절하기도 하지!"

하얀 여왕이 앨리스의 다른 쪽 귓가에 대고 속삭였다. 마치 비둘기가 구구 하고 우는 소리 같았다.

"아주 흥미진진할 거야. 그럼 시작해볼까?"

"네, 부탁드려요."

앨리스가 정중하게 말했다.

하얀 여왕이 기쁘게 웃으며 앨리스의 뺨을 쓰다듬었다.

그런 다음 시를 읊기 시작했다.

"먼저 물고기를 잡아야 해."

그건 쉬워. 아이라도 잡을 수 있다고 생각해.

"다음엔 물고기를 사야만 해."

그건 쉬워. 1페니면 살 수 있지.

"이제 물고기를 요리를 할 시간!"

그것은 쉬워. 1분도 안 걸리지.

"접시를 놓아주세요!"

그것은 쉬워. 이미 올려져 있으니까.

"여기로 가져와. 내가 맛 좀 보게."

식탁에 올리는 건 쉬워.

"접시 덮개를 치워주세요."

아. 그건 너무도 어렵지. 나는 무서워서 못할 것 같아.

덮개가 풀처럼 딱 달라붙었거든.

뚜껑이 접시 중간에 있는 동안 꽉 붙들고 있게나.

어느 쪽이 더 쉬울까?

물고기 접시 뚜껑 열기?

아니면 수수께끼 뚜껑 열기?

"잠시 고민해보렴."

붉은 여왕이 말했다.

"그러는 동안 우리는 한 잔 마시도록 하지! 너의 건강을 위하여!"

그러고는 목청껏 소리를 높였고 모든 손님들은 술을 들이켜기 시작했다. 마시는 방법은 저마다 달랐다. 누군가는 불을 끄듯 잔을 머리 위에 들이부었고, 다른 누군가는 얼굴로 줄줄 흘러내리는 술을 마셨다. 유리병을 식탁에 쏟아 붓더니 모서리로 흘러내리는 와인을 받아 마시는 이도 있었다. 그리고 세 녀석은(그들은 꼭 캥거루처럼 생겼다.) 구운 양고기 접시로 기어올라 가더니 열심히 육수를 핥아대기도 했다.

'꼭 여물통에 빠진 돼지 같은걸.'

앨리스는 생각했다.

"감사의 인사를 해야 할 것 아니니!"

붉은 여왕이 얼굴을 찌푸리며 말했다.

앨리스가 당황한 표정으로 고분고분 자리에서 일어나자, 하얀 여왕이 소곤거렸다.

"우리가 도와줄게!"

"정말 고맙습니다. 하지만 저 혼자서도 할 수 있을 것 같아요."

앨리스도 작은 목소리로 말했다.

"그럴 리가!"

붉은 여왕이 단호하게 말했다. 그리하여 앨리스도 여왕의 선의를 받아들이기로 했다.

(앨리스는 나중에 언니에게 만찬 이야기를 전하며 이렇게 말했다. "양쪽에서 어찌나 눌러대던지! 완전히 납작해지는 줄 알았다니까!")

사실 앨리스는 연설을 하는 동안 자리에 제대로 서 있기가 쉽지 않았다. 두 여왕이 양옆에서 앨리스를 심하게 밀어대서 거의 공중으로 치켜 올라갈 지경이었다.

"저는 여러분께 감사 인사를 드리고자……."

그렇게 말하다가 진짜로 몇 센티미터 위로 치솟아 올랐다. 하지만 다행히도 탁자의 가장자리를 부여잡은 덕에 다시 아래로 내려올 수 있었다.

"조심해야지! 무슨 일이라도 일어나면 어쩌려고 그래!"

하얀 여왕이 앨리스의 머리카락을 양 손으로 움켜잡으며 소리쳤다.

(앨리스가 나중에 묘사한 것에 따르면) 그 순간 오만 가지 일들이 터지고 말았다. 촛불들이 폭죽처럼 천장으로 치솟아 골풀밭처럼 보였다. 포도주병들은 허리춤에 접시를 날개처럼 붙였고, 포크를 다리처럼 매달고 사방으로 푸드득 날아다녔다. 앨리스는 이 난장판이 벌어지는 와중에도 그 모습이 영락없이 새 같다고 생각했다.

바로 그때 거친 웃음소리가 새어나왔다. 앨리스는 하얀 여왕에게 무슨 일이 생겼는지 궁금해서 고개를 돌렸다. 그런데 여왕이 있던 자리에 양고기 다리가 있는 게 아닌가!

"난 여기 있어!"

수프 그릇에서 소리가 나기에 앨리스는 그곳으로 고개를 돌렸다. 때마침 여왕이 둥글넓적하고 인심 넉넉한 얼굴에 미소를 띠더니 이내 수프 속으로 사라져버렸다.

더 이상 꾸물대서는 안 되는 일이었다. 이미 접시 위에 드러누운 손님이 있는가 하면, 국자는 앨리스가 있는 쪽을 향해 탁자 위로 걸어오면서 길을 비키라며 다급하게 손짓을 하고 있었다.

"더는 못 참겠어!"

앨리스는 이렇게 소리치고는 자리에서 벌떡 일어나 두 손으로 식탁보를 확 낚아챘다. 그러자 접시와 음식, 손님과 양초들이 바닥으로 우르르 쏟아졌다.

"이봐요, 당신!"

앨리스는 붉은 여왕을 무섭게 노려보며 말했다. 앨리스는 이 모든 장난을 붉은 여왕이 꾸몄을 것이라고 생각했다. 하지만 여왕은 더 이상 그곳에 없었다. 갑자기 작은 인형만 한 크기로 작아졌기 때문이었다. 지금은 탁자 위에서 자신의 숄을 좇으며 빙글빙글 돌고 있을 뿐이었다.

다른 때 같았으면 앨리스도 화들짝 놀랐을 터였다. 하지만 지금은 그러기엔 이미 너무 흥분해버렸다. 앨리스는 탁자 위에 널브러진 병을 뛰어넘으려고 안간힘을 쓰는 조그만 여왕을 꽉 붙들고는 소리쳤다.

"당신을 흔들어서 고양이로 만들어버리겠어요! 반드시 그렇게 할 거예요!"

제10장
흔들기

앨리스는 붉은 여왕을 탁자에서 집어 들고 앞뒤로 힘껏 흔
들었다.

붉은 여왕은 꼼짝도 하지 못한 채 얼굴은 점점 더 작아지
는 대신 눈은 점점 커지면서 녹색 빛깔을 띠기 시작했다. 앨
리스가 계속 흔들어대자 더 작아지고…… 뚱뚱해지고……
보드라워지고…… 둥그레지고…… 그리고…….

제11장
깨어나기

……마침내 진짜 새끼 고양이가 되었다.

제12장
누구의 꿈이었을까?

"폐하, 그렇게 큰소리로 가르랑거리면 안 돼요."

앨리스가 두 눈을 비비며 새끼 고양이에게 말했다. 공손하나 단호한 말투였다.

"너 때문에 깼잖아. 좋은 꿈이었는데. 키티, 넌 나와 줄곧 같이 있었어. 거울 나라에서 말이야. 알고 있었니?"

(앨리스가 전에도 말했듯이) 새끼 고양이들은 무슨 말을 하기만 하면 그저 가르랑거리는 고약한 버릇이 있다.

"고양이들이 '예'라는 뜻으로 가르랑거리거나 '아니오'라는 뜻으로 야옹거리면 이야기를 나눌 수 있을 텐데! 하지만 같은 말만 하는 누군가와 어떻게 대화를 하겠어!"

이번에도 역시 가르랑거릴 뿐이다. 그러니 '예'인지 '아니오'인지 알 길이 없었다.

앨리스는 탁자 위에 흩어진 체스 말들 사이에서 붉은 여왕을 찾아냈다. 그런 다음 난로 앞 깔개에 무릎을 꿇고 앉아 새끼 고양이와 여왕이 서로 마주보도록 했다.

"자, 키티! 네가 무엇으로 변했는지 말해봐!"

앨리스는 의기양양하게 손뼉을 치며 외쳤다.

(앨리스는 나중에 언니에게 이렇게 늘어놓았다. "그런데 여왕을 쳐다보지 않는 거야. 고개를 돌려버리고는 못 본 척하는 거 있지. 하지만 조금 부끄러워하는 것 같았어. 그러니 분명 붉은 여왕이었던 거야.")

"좀 더 꼿꼿이 몸을 세워봐!"

앨리스가 까르르 웃으며 외쳤다.

"그리고 가르랑거릴 땐 예를 갖추라고. 그게 시간을 아끼는 길이야. 기억해!"

그러고는 새끼 고양이를 안고 살짝 입맞춤을 해주었다.

"붉은 여왕을 해봤다는 걸 기념하기 위해서야!"

그런 다음 어깨 너머로 하얀 새끼 고양이를 살펴보았다.

"스노드롭!"

하얀 새끼 고양이는 여전히 세수를 하는 중이었다.

"다이나가 우리 하얀 여왕님을 언제 다 씻겨주려나? 내꿈에서 네가 꾀죄죄하더니, 다 이유가 있었구나! 다이나, 네가 지금 하얀 여왕을 문지르고 있는 거 아니? 정말이야! 그건 예의가 아니라고!"

앨리스는 한쪽 팔꿈치를 깔개에 대고 한 손으로는 턱을 괸 채 고양이들을 바라보았다.

"다이나는 무엇으로 변신했을까? 말해봐, 다이나. 혹시 험프티 덤프티였던 거니? 내 생각엔 그런 것 같아. 하지만 아직 친구들에게는 말하지 않는 게 좋겠어. 아직 확실하지 않거든."

앨리스는 쉴 새 없이 종알거렸다.

"키티, 그런데 말이지, 네가 정말 내 꿈에 함께 있었던 거라면 한 가지는 정말 즐거웠을 거야. 난 정말 많은 시를 들었는데 전부 물고기에 관한 것이었어. 내일 아침 넌 진짜 물고기를 먹게 될 거야. 네가 아침을 먹는 동안 내가 「바다코끼리와 목수」를 읊어줄게. 그럼 진짜 굴을 먹는다는 착각을 하게 될지도 몰라.

자, 키티. 그럼 누구 꿈이었는지 한번 생각해보자. 이건 정말 심각한 문제야. 그렇게 계속 발을 핥으면 안 돼. 다이나가 오늘 아침에 널 씻기지 않았다는 것처럼 행동하면 안 된다고. 키티, 꿈을 꾼 건 나이거나 붉은 왕이거나 둘 중 하나야. 붉은 왕은 내 꿈속에 나왔거든. 하지만 나도 그의 꿈속에 나왔지. 붉은 왕이 꾼 꿈이었을까? 키티, 넌 붉은 왕의 부인이었으니까 알고 있겠지? 그러니 제발 좀 도와줘. 앞발은 나중에 핥아도 되잖아!"

하지만 새끼 고양이는 약을 올리기라도 하듯 이번에는

다른 발을 핥으면서 앨리스의 말을 못 들은 척했다.

여러분은 누구의 꿈이었을 것 같나요?

7월의 어느 저녁
밝은 햇살 아래 돛단배 한 척이
꿈결을 헤매듯 유유히 흘러가네.

꼭 붙어 앉은 세 아이
눈망울 반짝이고 귀를 쫑긋 세운 채
짧은 이야기에 귀를 기울이네.

밝았던 하늘은 빛바랜 지 오래고,
메아리도 희미해지고 기억도 사라져가네.
가을 서리가 7월을 앗아가는구나!

여전히 앨리스는 유령처럼 내 곁을 맴도는구나.
앨리스는 하늘 아래 움직이고
아무도 그녀를 보는 이 없네.

하지만 아이들은 아직도 이야기에 귀를 기울이며
눈망울 반짝이고 귀를 쫑긋 세운 채
사랑스럽게 편안히 앉아 있네.

아이들은 이상한 나라에서
하루가 지나도록 꿈을 꾸고
여름이 다 가도록 꿈을 꾸네.

물결 따라 유유히 흘러가네.
황금빛 햇살 아래.
삶이란, 그저 꿈이 아니면 무엇이리오.

현대인에게 발상의 전환을 일깨우는
『거울 나라의 앨리스』

번역 의뢰를 받고 다시 집어든 『거울 나라의 앨리스』는 읽기도, 이해하기도, 번역하기도 참 쉽지 않은 책이었다.

우선 앨리스가 묘사한 '거울 나라'는 "중앙에 위치한 땅은 시냇물과 시냇물을 이어주는 수많은 작은 울타리를 따라 바둑판처럼 나뉘어져 있는, 거대한 체스판"을 닮은 곳이기 때문이었다.

체스 게임의 규칙과 기물의 특성에 대한 어느 정도의 이해가 없다면 사건 간의 개연성을 파악하기 어려울 뿐 아니라, 등장인물의 행동과 말의 뜻을 놓칠 가능성이 있다. 가령, 체스 선수가 두는 말의 움직임을 기록한 '기보'를 무언가를 끊임없이 기록하는 왕의 모습에 빗대어 표현하거나, 상대적으로 움직임이 자유로운 병사를 말타기에 서툴러서

한없이 굴러떨어지는 모습으로 묘사한 것임을 알아차리지 못할 수 있는 것이다.

두 번째 난관은 언어유희에 있었다. 동음이의어 등을 활용한 말장난은 루이스 캐럴의 필살기로 꼽히지만, 그 단어들을 우리말로 옮길 시 원문에서 저자가 의도했던 재치와 어감을 온전히 살리는 데는 근본적인 한계가 있었다.

이토록 말도 많고 탈도 많은 『거울 나라의 앨리스』를 출간된 지 150년 가까운 세월이 지난 오늘날까지 수많은 사람들이 명작으로 꼽는 비결은 무엇일까?

이 책은 우선 삶의 전술서이자 전략서이다. 거울 나라는 체스의 규칙에 따라 정교하고도 치밀하게 계산되었다는 점에서 불확실한 세상으로 대변되는 '이상한 나라'와 구별된다. 체스판이라는 전쟁터 위에서 모든 말은 두 선수가 다 볼 수 있도록 세워져 있다. 말은 체스판에서 임의대로 사라지거나 나타나지 않고, 우연히 이 자리에서 저 자리로 이동하지도 않으며, 비숍이 체스판에서 쫓겨날지 말지를 두고 누군가 주사위를 굴리지도 않는다. 체스에서 졌다면 그건 상대방이 더 나은 수를 두었기 때문이다. 그뿐이다.

거울 나라는 살아가기에 만만치 않은 곳이기도 하다. 모든 것이 다 함께 움직이기 때문에 힘껏 뛰어야만 제자리를 유지할 수 있으며, 원하는 것은 꼭 손이 닿지 않는 한 뼘 더 먼 곳에 있어서 사람의 애간장을 녹이곤 한다. 무한경쟁에 내몰린 현대인의 삶과 닮은 것 같지 않은가?

여기서 주목할 점은, 앨리스는 빨리 달려서 여왕이 된 게 아니라는 점이다. 숨이 넘어갈 듯 작정하고 달렸을 적에는 아무 변화도 없었으나, 그녀가 주변을 감상하고 시를 들으며 동식물들과 온전히 교감할 때에는 주변이 저절로 변해 있었다. 크게 노력하지 않아도 앨리스는 절로 다음 칸으로 이동해 있었고, 그것은 결론적으로 여왕이 되는 최단경로였다.

체스 그랜드 마스터들이 게임에서 승리하기 위해 사용하는 기술 중에 '거꾸로 생각하기'라는 것이 있다고 한다. 게임의 초반에는 경우의 수가 너무도 많기 때문에, 초반부터 미리 승리를 가정한 뒤 거꾸로 답을 도출해가며 이기기 위해서 어떤 시점에 어떤 수를 놓아야 하는지 역으로 분석해본다는 것이다.

위 두 가지 방법 모두 역발상에 기초하고 있으며, 루이스 캐럴의 이와 같은 남다른 접근법은 어쩌면 오늘날의 현대인에게 가장 필요한 전술인지도 모른다.

창의적인 사고가 중시되는 세상이다. 이미 정해진 수대

로 작정하고 움직이면 애써 빨리 달린들 이미 늦은 것이다.
치열한 경쟁 속을 살아가는 오늘날의 현대인들에게 이 책
이 발상의 전환을 일깨우는 길잡이가 되길 기원한다.

1832   1월 27일 영국의 체셔 지방 테어스베리에서 성직
        자인 찰스 도지슨과 프랜시스 제인 루트위지의 열
        한 자녀 중 셋째로 태어나다. 본명은 찰스 루트위
        지 도지슨(Charles Lutwidge Dodgson)이다.

1843   아버지 찰스 도지슨이 요크셔 지방에 있는 크로포
        트의 주임 사제로 임명받아 이사하다.

1850   옥스퍼드 크라이스트 처치 칼리지에 입학하다.

1851   어머니가 사망하다.

1854   수학과 졸업 시험에서 1등을 하고, 12월에 문학 학
        사학위를 받다.

1855   옥스퍼드 수학과 교수로 강의를 시작하다. 헨리 조
        지 리델이 새 학장으로 부임하다.

1856   『열차(The Train)』지에 필명인 루이스 캐럴로 처음으로 서명하다. 4월 25일, 리델 학장의 네 살 된 딸 앨리스를 처음으로 만나다.

1861   옥스퍼드 대학 주교로부터 부제 서품을 받다.

1862   7월 4일, 리델 가의 세 꼬마 숙녀, 동료 교수인 로빈슨 더크워스와 함께 템즈 강으로 뱃놀이를 가다. 이날 처음으로 앨리스의 이야기를 지어내 들려주다.

1864   11월 26일, 스스로 삽화를 그리고 손수 제작한 『앨리스의 땅 속 모험(Alice's Adventures Under Ground)』을 앨리스 리델에게 선물하다.

1865   존 테니얼이 그린 삽화가 포함된 『이상한 나라의 앨리스(Alice's Adventures in Wonderland)』가 출간되다.

1868   아버지 도지슨 부주교가 갑자기 사망하다.

1871   『거울 나라의 앨리스(Through the Looking-Glass and What Alice Found There)』 초고를 마치다. 크리스마스 때 출간되어 다음 해 1월 27일에는 이미 1만 5천 부가 팔려나가다.

1876   『스나크 사냥(The Hunting of the Snark)』을 출간하다.

1877   이스트본의 바닷가에서 첫 여름 휴가를 보내다. 이때부터 거의 20년 동안 해마다 이스트본에서 여름

을 보내다.

1879   수학자로서 기하학에 흥미를 가진 캐럴은 도지슨의 이름으로『유클리드와 그 경쟁자(Euclid and His Modern Rivals)』를 발표하다.

1881   옥스퍼드 크라이스트 처치에서 마지막 수업을 하고 수학과 교수직을 사임하다.

1885   『뒤죽박죽 이야기』를 출간하다.

1886   연극 〈이상한 나라의 앨리스〉가 런던 프린스 오브 웨일스 극장에서 초연되다.

1889   『실비와 브루노(Sylvie and Bruno)』가 출간되다.

1893   『실비와 브루노』 완결편이 출간되다.

1896   많은 사람들에게 생각하는 법을 가르쳐주려는 열망으로『상징 논리(Symbolic Logic)』를 출간하다.

1898   『상징 논리』의 후편을 집필하던 중 기관지염에 걸려 세상을 떠나다.

옮긴이 김지혜

한국외국어대학교 통번역대학원 한영 통역을 전공하였으며, 어린 시절 영국과 대만 등에서 다년간 거주하였다. 현재 번역에이전시 엔터스코리아에서 전문 번역가로 활동 중이다. 주요 역서로는 『디즈니의 악당들 3 : 버림받은 마녀』, 『디즈니의 악당들 5 : 가짜 엄마』, 『빨간 머리 앤』, 『더미를 위한 와인』, 『이디스 워튼 단편선 : 기도하는 백작 부인&밤의 승리(출간 예정)』가 있다.

거울 나라의 앨리스

초판 1쇄 발행 2020년 4월 20일

지은이　　루이스 캐럴
옮긴이　　김지혜
발행인　　조상현
마케팅　　조정빈
편집인　　정지현
디자인　　Design IF

펴낸곳　　더디
등록번호　제2018-000177호
주소　　　경기도 고양시 덕양구 큰골길 33-170(더디퍼런스)
문의　　　02-712-7927
팩스　　　02-6974-1237
이메일　　thedibooks@naver.com
홈페이지　www.thedifference.co.kr

ISBN　　979-11-6125-247-6　04800
　　　　　979-11-6125-063-2 (세트)

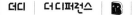